麦田阳光

美丽乡村助读书系

乡村助读，让中国的乡村从风景到精神愈加美丽。

U0861802

麦田阳光

美丽乡村助读书系

乡村助读，让中国的乡村
从风景到精神愈加美丽。

光影流转的声音

GUANGYING LIUZHUAN DE SHENGYIN

高洪波 顾问　陈彦玲 主编

范璐　著

山西出版传媒集团 山西教育出版社　·太原·

图书在版编目（CIP）数据

光影流转的声音 / 范璐著. -- 太原 : 山西教育出版社，2025. 8. -- ISBN 978-7-5703-4806-0

Ⅰ. I267

中国国家版本馆 CIP 数据核字第 2025MB3628 号

光影流转的声音

GUANGYING LIUZHUAN DE SHENGYIN

选题策划　李梦燕
统筹编辑　张可迪
责任编辑　侯波宇
复　　审　霍　彪
终　　审　康　健
装帧设计　王春声　薛　菲
印装监制　蔡　洁

出版发行　山西出版传媒集团·山西教育出版社
（太原市水西门街馒头巷 7 号　电话：0351-4729801　邮编：030002）
印　　装　山西基因包装印刷科技股份有限公司

开　　本　890 mm×1240 mm　1/32
印　　张　6. 75
字　　数　102 千字
版　　次　2025 年 8 月第 1 版
印　　次　2025 年 8 月山西第 1 次印刷
书　　号　ISBN 978-7-5703-4806-0
定　　价　36. 00 元

根植乡野，眺望远方（代序）

李东华

把“美丽乡村助读书系”做成精品，为新时代新乡村新少年的成长助力，这个美好心愿，把出版者、策划人、作家、编辑聚集在一起，大家郑重其事地播下种子，然后怀着庄重而又快乐的心情，等待所有努力慢慢发芽。

我曾经有幸数次参加“我的书屋我的梦”乡村少年儿童阅读实践活动征文的评审工作，印象最深的就是2019年。面对从海量征文中初选出的近千篇作品，我油然而生一种“一夜好风吹，新花一万枝”的惊艳感。按照评委会要求，终评委们需要优中选优，再从中挑出几十篇最终获奖文章，这可让我犯了选择困难症，因为每一篇都像枝头迎着东风初绽的花朵，各有各的姿态，各有各的鲜妍，共同构成了蓬勃的春天，哪一朵都可爱得叫人不忍心舍弃。

但我想，我的这种“纠结”是一种喜滋滋的纠结——让人一下子就能感觉到，无论大江南北，全国各地乡村的孩子们，并不是仅仅某一地因为水土适宜而长势良好，而是齐刷刷地在拔节成长。这算是从空间这个维度的横向比较。再沿着时间轴纵向来看，我们可以清晰地感受到这几年的征文质量一年比一年高。从这些或长或短的文章中可以看出，孩子们的阅读内容越来越丰富了，小说、童话、诗歌，科幻、军事、历史、天文、地理……不同体裁不同领域，不论古今中外，凡属人类留下的智慧结晶，都在他们尚属稚嫩却又充满好奇的目光之内，都留下了他们求知和探索的小小脚印。

我想，也正是因为阅读的广博，让他们不管是生长于哪片偏僻的乡野，都能够从浩瀚的书海中汲取无穷无尽的滋养，获得世界性的视野。你能够从字里行间捕捉到一种“初生牛犊不怕虎”的淋漓元气，一种与周围世界、与他人、与自我对话时落落大方的自信表情，一种对祖国、对人类、对万事万物的真挚的爱。而这一切的呈现，又依赖于他们对于语言文字的日渐流畅的、自如的运用。

俗话说“熟读唐诗三百首，不会写诗也会吟”，阅读对于一个人写作能力的反哺，是这些征文给予我的第一个鲜明印象。

那些已初步呈现出汉语言之美的遣词造句，那些灵动的、智慧的表达，那些对于生活细节的敏锐、精准的描摹，那些既充满孩子气又闪耀着思想光芒的惊人之语，都无不让人生发“后生可畏”的赞叹。

所以说，尽管摆在眼前的是一篇篇无言的征文，却分明让人看到了征文背后所站立的那一个个活泼泼的、天真烂漫的孩子，看到了新时代乡村少年儿童因阅读的积累而敢于讲述的不一样的“中国故事”。

对于孩子和国家、民族的关系，已经有很多精辟的认识和论述。“孩子是祖国的花朵”，“孩子是民族的未来”，“少年强则中国强”。然而，如果希望孩子们能撑起国家的明天，他们首先要撑起自己的明天，而阅读则是他们撬动未来命运的支点。“忠厚传家久，诗书继世长”，这是在中国乡间最常见的对联，一代又一代的人家将它贴在大门上，可见在我们民族的潜意识中，书籍和人品是支撑一个国、一个家千秋万代延续下去的两根最坚实的立柱。将这样的对联贴在家门上，贴在最显眼的地方，就是在每时每刻提醒每一个人。我想这是一个有着五千年璀璨文明的民族最智慧的共识。而要把这一共识真正落到实处，最需要着力的地方就是乡村了。

相比于有父母督促而阅读环境更优越的都市孩子来说，乡村孩子的阅读可能更需要政府、社会的引领，尤其是数千万父母不在身边的留守儿童，阅读既是他们获取知识的有效途径，更是滋养他们心灵的精神引领。

我常常想，一个人需要有自己的书柜，一个家庭需要有自己的书房，一个城市需要有自己的公共图书馆，那么一个乡村，当然更需要有自己的书屋。

阅读“‘阳光麦田’美丽乡村助读书系”这套书，对孩子们来说，能够得到的是思想和精神上潜移默化的熏陶和滋养。而持续地写作、出版一些适合乡村孩子阅读的好书，让这些书在助力乡村少年儿童阅读方面发挥作用，无疑是功在当代、利在千秋的事业——我们不妨来个小小的假设，全国有六十多万个乡村，假设每个乡村书屋中的书籍，能够像投入湖心的石子，哪怕只在十个孩子的心中荡起涟漪，那么全国就会有六百多万个乡村孩子从阅读中受益。

美丽乡村既要实现生态意义上的“绿水青山”，也要构建精神层面的“绿水青山”，从这个意义上讲，用优质图书和阅读协助、帮助、辅助乡村阅读，繁荣乡村文化，是建设美丽乡村的有效路径。

面对这些适合乡村少年儿童阅读的文字，我似乎可以看到，未来的他们，因今天的阅读引领而描绘出自己的梦和憧憬。

这些梦，将根植于他们生活的山乡旷野，更将呼应着远方的星辰大海。

目 录

至臻情暖 |经典情感类|

罗马不是假日，钢琴不在海上——镜头成为情感显微镜，一帧眼泪重过整个海洋，其中藏着影史的经典。

国粹重光 |传统文化类|

粉墨春秋里，一盏灯燃了六百载；拳脚起落间，一脉气传了千百年——用电影语言解封中国传统文化基因库，让经典在胶片上获得永生。

破茧者书 |励志成长类|

泥泞中仰望星空，把自己活成光源——记录那些把绝望锻造成阶梯，在至暗时刻点燃火把的灵魂史诗。

观微知远 |微观叙事类|

少年眼中星光，藏着宇宙胎动；海洋心中世界，涌动自然暗语。从孩童视角见心灵深度，从海洋细节见世界广度。当我们俯身细观，便能读懂更辽阔的世界。

童幻星河 |童话动画类|

云中骑白鹿，银幕窥长安——当动画成为文化基因的现代载体，神话在IMAX银幕上复活，这里存放着东方幻想的基因库。

热血长歌 |红色精神类|

冰雕连的霜，是另一种滚烫——战争年代的英雄奇迹，革命时期的青春热血，用胶片镌刻起民族脊梁上的精神铭文。

青芒纪年 |青春“考古”类|

十七岁的雨，四十岁才听懂——青春是未完成态的雕塑，所有伤痕都是成长的青铜包浆，这里的故事映照着你我的成长。

幕后台前 |影人故事类|

银幕背后的灵魂，或许超出你想象——剖析银幕光影，解读电影魅力；回溯交往点滴，漫谈幕后故事。

山河入镜 |三晋影像志|

“山西导演”不是群体，而是一种现象——穿梭晋影时光，细品银幕间的山西韵味；走近山西影人，分享交往中的难忘故事。

至臻情暖

——经典情感类——

《美丽人生》：在绝境中书写希望童话

每当有人问我，看过那么多电影，你最爱的是哪一部？我都会毫不犹豫地答：《美丽人生》!

2001年我还在大学里读书。那年2月，与立春的美好一同翩然而至的，是奥斯卡最佳外语片《美丽人生》(1977年意大利首映)要在中国上映的消息。那时的我，对电影的热爱和当时的季节一样，正处于蓬勃生长的阶段，听闻此讯，心向往之。3月，我和同学怀着对"美丽人生"的无限憧憬，迫不及待奔向影院，渴望一探究竟。

其实，观影前，我对这部电影的期待源于1999年奥斯卡颁奖典礼上的那些精彩瞬间——导演罗伯托·贝尼尼飞身跨越椅背的激动画面，仿佛带着一种冲破束缚的力量，深深吸引了我；他那句“爱能感动黑夜与白昼，爱拥有了灵魂……”的发言，如同温暖的阳光，照进了我的内心；台下众人充满敬意的眼神，更是让我对这部电影充满了好奇。我无比渴望，想知道这究竟是怎样一部电影，能让如此多的人为之动容。

当灯光渐暗，电影开场，我瞬间被带入了那个独特的世界。《美丽人生》是一部由罗伯托 · 贝尼尼执导并主演的剧情战争电影。故事发生在 1939 年，第二次世界大战阴云笼罩下的意大利。就是在这样一个“不美丽”的背景下，导演天才般的叙事缓缓展开——

圭多是一个虽看似笨拙但善良乐天的犹太青年，当他邂逅美丽的女教师多拉“公主”，一见钟情，最终历经周折，两人幸福地生活在一起。然而好景不长，圭多和儿子被强行送往犹太人集中营，多拉虽没有犹太血统，但毅然同行。圭多为保护儿子幼小的心灵，哄骗儿子这只是一场游戏，使得生活在纳粹集中营中的儿子保持了童心，而他自己却在纳粹的“大清洗”中，惨死在黎明前最深的黑暗里……

电影的前半段，圭多的出场充满了戏剧性。他带着几分滑稽的姿态，在小镇上闹出了不少笑话。然而，正是这种看似荒诞的表现，让我们看到了他对生活的热爱。当他第一次见到多拉时，那一见钟情的画面充满了浪漫色彩。圭多眼中闪烁着光芒，仿佛整个世界都因为多拉的出现而变得更加明亮。为了追求多拉，圭多使出了浑身解数，那些令人啼笑皆非的追求过程，充满了生活的趣味和幽默。他假装从楼上坠落，只为引起多拉的注意；他在多拉出现的地方，巧妙地制造各种惊喜。这些情节让人忍俊不禁，同时也让观众感受到了爱情的美好与力量。在历经诸多波折后，圭多和多拉终于幸福地生活在一起，组建了属于他们的小家庭，还迎来了可爱的儿子约书亚。

起初看到这里时，我差点以为《美丽人生》就是一出完完全全的喜剧，几乎所有观众都跟着故事情节忘情地大笑。然而，电影的后半段，色调一转，战争的残酷无情地打破了之前的平静。圭多和儿子被强行送往犹太人集中营，多拉选择同行。这一情节展现出了爱情的伟大和家庭的凝聚力，也让我们看到了人性中最美好的一面。

进入集中营后，圭多为了保护儿子幼小的心灵，不让他被战争的恐惧和残酷影响，想出了一个绝妙的主意——他哄骗儿子，这一切只是一场游戏。他告诉约书亚，只要遵守游戏规则，不哭闹、不找妈妈，就能获得积分，而游戏的奖品是一辆真正的大坦克。在圭多的精心编造下，集中营的生活变成了一场充满趣味的冒险。约书亚天真无邪地相信了父亲的话，在这个残酷的环境中，依然保持着童真和快乐。

影片中有许多细节都展现出圭多的智慧和父爱。在集中营里，生活条件极其艰苦，食物匮乏，环境恶劣，但圭多总是想尽办法为儿子创造一些快乐的瞬间。他会利用有限的资源，为儿子讲述有趣的故事，甚至让他混在一群德国小孩中吃一顿饱餐，让儿子在黑暗中看到希望。当他们被迫参加繁重的体力劳动时，圭多会假装这是游戏中的一个环节，用幽默的话语和夸张的动作，让约书亚觉得这一切都充满了乐趣。他还会在广播里用温柔的声音呼唤多拉，告诉她自己和约书亚都很好，让她不要担心。那一刻，广播里的声音穿越了集中营的高墙，传送出满满的温暖和爱意。

随着战争的推进，法西斯逐渐走向覆灭。在集中营即将进行

"大清洗"的关键时刻，圭多知道危险正在逼近，但他依然保持着冷静和乐观，用尽最后的力量保护着儿子。他在被处死之前，走过儿子藏身的铁桶时，故意摆出小丑的姿态走路，还做出各种滑稽的动作。他希望儿子看到的是一个快乐的父亲，而不是一个即将面临死亡的人。他用自己的生命为儿子编织了最后的谎言，让儿子在这场残酷的战争中，始终保持着内心的纯真和对生活的希望。

当影片的尾声，儿子约书亚与母亲多拉相遇时，兴奋地喊着："我们赢了，我们得到了1000分……"随之，一辆坦克真的出现在约书亚面前。这一刻，电影院里响起了一片啜泣声。我们为圭多的牺牲而伤心难过，同时也为约书亚的心灵得到保护而感到欣慰。圭多用自己的生命诠释了父爱的伟大。他的爱就像一盏明灯，照亮了儿子成长的前路。当影片最后"这是我的经历，这是我父亲所做的牺牲，这是父亲给予我的恩典"经由成年的约书亚说出时，相信每个人的心都被狠狠扎了一下，热泪滂沱。那一刻，我们相信圭多的在天之灵一定在笑看这一切，他做的一切，值了！

这是怎样一种观影经历啊，前半段开怀大笑，后半段放肆泪流。当场灯亮起，我整个人仿佛经历了一场灵魂的涤荡，在两种极端情绪的切换中，见证了这世上最伟大喜剧的诞生！从此，我彻彻底底爱上了电影。

后来，这部电影我又看过很多遍，纵然年龄与心境都在变化，可观影时的激情却全然未退，无论何时再看，都会像灵魂过电一般。它教会我最多的，就是在逆境甚至绝境中寻找希望。

熟悉历史的人都知道，纳粹德国及其盟友在第二次世界大战中残暴屠杀了约600万犹太人。作为影史上反战题材最伟大的作品之一，每次看完《美丽人生》我都忍不住想高喊：罗伯托 · 贝尼尼（编剧、导演、男主角），好爱你！这是怎样一种天才的视角和格局！把人类的大灾难掰开揉碎，提取出一部温暖的童话，却让战争的残暴更加直击人心！

一举斩获奥斯卡最佳男主角、最佳外语片、最佳配乐三座“小金人”，在各大电影节拿奖拿到手软，并且被公认为影史佳片排行榜前五名的作品，《美丽人生》无疑是成功的。

而它之所以如此打动人心，除了精彩的剧情和演员们出色的表演外，还有许多值得深入挖掘的地方。从幕后故事来看，导演兼主演的罗伯托·贝尼尼为了这部电影付出了巨大的心血。他将自己对生活的理解、对家庭的热爱以及对战争的反思都融入了电影之中。

在拍摄过程中，为了营造出真实的集中营场景，剧组克服了许多困难。他们精心搭建了集中营的实景，力求还原历史的真实面貌。演员们对角色进行了深入的研究并进行了认真准备，他们用心去感受角色的情感和内心世界，将角色演绎得淋漓尽致。

从电影的艺术价值来看，《美丽人生》的成功离不开其独特的叙事手法。它并没有像其他反战题材电影那样，过多地渲染战争的血腥和残酷，而是用一种轻松幽默的方式来讲述一个沉重的故事，这种反差感让观众更加深刻地感受到了战争的无情和人性的美好。电影中的音乐也为影片增色不少，配乐与剧情完美融合，时而欢快、时而悲伤，准确烘托出了影片的情感氛围。

应该说，《美丽人生》对包括我在内的很多人的成长都有着深远的影响。人生在世，不如意事常八九，《美丽人生》就像一个引航者，时刻提醒我们无论遇到怎样的困境，都可以像圭多一样，保持乐观积极的心态，即使身处绝境，也能为自己和身边的人创造希望。而拥有这种心态，就拥有了一生中最宝贵的财富，只要心中有爱、有希望，就一定能够克服困难，即使在最黑暗的时刻，也坚信总有一束光会照亮前行的道路。

同时，《美丽人生》还让我们看到了父爱的伟大和家庭的重要。圭多为了保护儿子，不惜牺牲自己的生命，这种无私的爱让人动容，让人明白，家人永远是自己最坚实的后盾。

这部电影还让观众了解到战争的残酷和历史的真相，从而更加珍惜现在的和平生活。

《美丽人生》无疑是一部伟大的电影，它用一个简单而又深刻的故事，触动了无数观众的心灵，让我们看到了人性的光辉，感受到了爱的力量。

一部好的电影，就像是一面镜子，《美丽人生》正是如此。它映照在我们平凡的生活里，让我们相信爱情，学会爱人，积极面对人生；更映照在我们顺境或逆境的人生路上，让我们明白，只有让心里住进阳光，所遇才能光芒万丈！

感谢圭多，致敬《美丽人生》！

《罗马假日》：一场绮梦，一场命运的背叛之旅

想到要写奥黛丽·赫本，想到这个人，可真叫人幸福！

犹记2017年4月，南京的微雨之春，冒雨慕名去寻五台山的先锋书店。一进门便看见一面心愿墙，旁边零散摆着很多明信片。我的目光只扫了一下，就被《罗马假日》里两位主角奥黛丽·赫本与格利高里·派克吸引了。图片上他们相互依偎，上题一行小字："生命中最值得珍惜的就是彼此。"我突然心头一暖，买下了明信片，如小女孩般写下祝福，郑重地挂在心愿墙上……好像还真是这样，无论何时遇见《罗马假日》，都仿佛回到了美好的青春；无论何时想起安妮公主和乔，都如在雨后突然看见了阳光！

看过多少次《罗马假日》真数不清了，这部黑白光影交织的经典之作，宛如一坛陈酿，从青春年少到步入中年，每一次品味，都能品出不一样的芬芳，尝出全新的味道。我一度说不清楚为什么这么爱它，直到有一天读王开岭那本《精神明亮的人》，书中有句对他最爱的电影的评价："《罗马假日》是对无精打采生活的精彩背叛。"我突然醍醐灌顶——原来这种"背叛"不仅是片中安妮公主对自我身份的大胆否定，不仅是记者乔对新闻信仰的暂时放弃，还隐藏着电影外无数个我们面对庸常生活时渴望的精神反抗，何其珍贵！

《罗马假日》似乎很神奇，因为看过它的人会发现，它既没有跌宕起伏的情节，也没有豪华的特技和史诗般的大场面，说直白点，整部影片就像跟着男女主角在罗马参与了一场爱情冒险游戏。可就是这样一个"俗套"的王子和灰姑娘的镜像版爱情故事，却被派克和赫本演绎得清新脱俗。如果没有他们的演绎，以这部影片的剧情，它最多也就是一部及格水准的爱情片；但因为有了他们，它成为影史上屈指可数的佳作！

这部1953年上映的电影，由威廉·惠勒执导，奥黛丽·赫本与格利高里·派克贡献了他们此生最杰出的角色。七十多年前的黑白画面丝毫没有掩盖其浪漫与温情的光芒，反而为影片增添了一份历久弥香的经典韵味。

影片的故事发生在罗马。安妮公主（奥黛丽·赫本饰）作为皇室成员，肩负着责任的重压，需要学习诸多繁文缛节。她的生活被严密规划，每一个举动都要符合公主的身份。在一次出访罗马的行程中，长期处于压抑状态的安妮公主终于不堪重负，在一个夜晚，偷偷溜出了大使馆。此时的她，就像一只挣脱牢笼的小鸟，满心都是对自由的渴望。

公主在街头偶遇了美国记者乔（格利高里·派克饰）。乔一开始并不知道她的公主身份，只把她当作一个迷路的女孩。他带着安妮在罗马的大街小巷游玩，品尝街头的美食，还在河边欢快地跳舞。在这个过程中，安妮尽情地享受着平凡人的快乐，她的脸上洋溢着从未有过的灿烂笑容。而乔，也逐渐被她的纯真和善良所吸引。

随着相处的深入，乔得知了公主的真实身份。他原本打算利用这个机会写一篇独家新闻，以获取丰厚的报酬，然而，在与公主的朝夕相伴中，他的内心发生了转变。他看到了公主在皇室身份背后的无奈和孤独，也感受到了她对自由和真爱的向往。于是，在新闻发布会开始的那一刻，乔放弃了名利，选择了尊重公主的尊严，且把两人之间那份特殊的情感深埋心底……

年少时初看《罗马假日》，目光不自觉被赫本灵动的美貌与纯真的气质所吸引。那时的我，满心都是对这段浪漫邂逅的憧憬。公主逃离宫规森严的宫廷，在罗马街头与记者乔共度的那段时光，恰似一场绮丽的梦。骑着摩托车穿梭在古老街巷，吃着简单的冰激凌，在河边肆意舞蹈……每一个场景都充满了青春的活力与对自由的向往。那时的我，不自觉将自己代入公主角色，幻想着能有一场如此不羁的冒险，能遇见一个如乔这般潇洒又体贴的伴侣。

然而，当岁月的痕迹悄然出现，人到中年，一次次重温这部影片，我却发现，曾经忽略的那些细微之处，蕴含着更为深刻的内涵。安妮公主不仅仅是一个陷入爱情的少女，更是一位肩负责任与使命的皇室成员。罗马街头的美好时光，虽然短暂，却无比珍贵，那是她对自我的一次探寻，对平凡生活的一次渴望。但当黎明到来，她不得不收起心中的眷恋，回归到那个属于她的宫殿，继续履行她的职责。

安妮公主在爱情与责任之间的抉择，何尝不是人生的一种写照？当年龄渐长，我们愈发明白，生活并非总如青春时幻想的那般浪漫随性。我们在家庭、社会中扮演着各种角色，肩负着不同的责任。就像安妮公主，她不可能仅仅为了爱情和自由而放弃自身的使命。而这种责任，并非一定是对人性的束缚，反而可能是自我价值的升华。

拍戏那年，赫本只有23岁，还是个名不见经传的小演员。请她出演的主要原因是剧组经费不足，名气更大的派克确定之后，只好请一个片酬低的新人，才能平衡剧组的开支。由于名气不高，最初的电影海报上，赫本的名字被排在了一个角落里。后来在派克的纠正下，赫本的名字才被放到了和他一样显眼的位置。而此后，赫本的名气一飞冲天，派克和赫本也缔结了一生的友谊。

从一个默默无闻的新人到奥斯卡最佳女演员，看起来只差一部《罗马假日》，但这位饰演安妮公主的传奇女演员，其实早已经历过与角色同样的成长与蜕变。赫本出生于比利时布鲁塞尔的一个贵族后裔家庭，战争的爆发让她的童年充满了苦难。她经历了饥饿和贫困，但这些磨难并没有打倒她，反而让她更加坚强勇敢。赫本的最初梦想是成为一名芭蕾舞演员，为此她付出了无数的努力。尽管最终因为身高和营养问题，她无法成为首席芭蕾舞演员，但她并没有放弃对艺术的追求，进而转战充满未知的演艺圈。

回头看赫本的演艺生涯，她在不断挑战自我，从《蒂凡尼的早餐》中时尚又略带虚荣的霍莉，到《窈窕淑女》中粗俗的卖花女伊莉莎，赫本用她的演技诠释了不同女性的成长与转变。而在生活中，她也从一名年轻的演员逐渐成长为一位关注慈善事业的爱心大使。她晚年致力于联合国儿童基金会的工作，为非洲和拉丁美洲的儿童提供帮助，用自己的行动诠释了爱与责任。而这一切的起点，就是影片《罗马假日》，它记录了她作为大女主最初绽放的珍贵瞬间。

当我读过赫本的不少传记之后再看《罗马假日》，总忍不住设想能与赫本进行一场跨越时空的灵魂对话，想问问她，在饰演安妮公主的过程中，是否看到了自己的影子；想问问从战火童年中走来的、历经磨难的她，在舞台上、在镜头前展现的优雅与坚韧，是否也是对生活的一种“背叛”……

赫本当然无法回答，但我又相信她早已用细腻的表演回答过了。她的每一个眼神、每一个动作，仿佛都在诉说着公主内心的故事，将公主的成长与挣扎展现得淋漓尽致。她让我们看到了一个有血有肉、真实可感的女性形象，既有对爱情的渴望，又有对责任的担当。

嗯，写到这里我忍不住又想说，回顾赫本，真是美好！

不过，对于《罗马假日》爱得如此特殊，我的确还偷偷藏了一点私心——因为作为一名记者，我总是对新闻题材的影片情有独钟，而这部影片启发了我对这个职业最初的理解。乔，那个看似玩世不恭却心地善良的记者，在发现安妮公主的真实身份后，原本想借此大做文章，可在与公主的相处中，他被公主的真诚和善良打动。当他带着公主在罗马游玩，并用相机记录下那些美好的瞬间时，他的内心也在悄然发生着变化。最后，在新闻发布会上，乔看着公主，眼中满是复杂的情感。他放弃了那个可以让他名利双收的新闻，选择了守护公主的尊严和两人之间那份特殊的情感。

这一情节，不仅仅是一段浪漫爱情的展现，更让我看到了新闻人内心的道德抉择。在现实生活中，新闻的真实性和客观性固然重要，但某些时刻，人性的善良和情感同样不能被忽视。乔的选择，让我对自己所从事的职业有了更深的思考。

对比很多与新闻有关的电影，《惊爆内幕》里烟草公司黑幕的阴郁，《华盛顿邮报》揭发五角大楼文件的壮烈，《罗马假日》的结局更为诗意。当乔把照片还给公主时，他归还的不是独家新闻，而是被现代性异化了的人性本真。

电影尾声的记者会上，安妮颤抖的指尖泄露了比台词更深刻的内心秘密。她逐次握手的特写镜头，让所有号称“客观记录”的摄像机都沦为可笑的摆设。当所有摄像机都对准虚饰的永恒，唯有那24小时的“谎言”，成为抵御生命荒芜的最后真实。在这个精心编排的政治秀场，那截偷偷缩回的衣袖，那抹转瞬即逝的泪光，才是穿越时空击中我们的流弹！

《罗马假日》不仅仅是一部爱情电影，更是一部关于成长、责任与人性的赞歌。它让我们明白，生活中的美好与遗憾总是相伴而生，我们不能因为遗憾而放弃对美好的追求，也不能因为追求美好而忽视了自己的责任。

赫本和派克，感谢你们为观众带来了如此经典的角色，让我们在光影的世界中，找到了心灵的慰藉与前行的力量。我想，用这样一句话来评价《罗马假日》或许最为合适——《罗马假日》，以爱之名，在现实的缝隙中，绽放出自由与人性的光芒，予人以温暖与希望。

《海上钢琴师》：每个人心里都有一艘永不靠岸的船

2014年8月，我在公海上漂流了一周。从烟台港踏上游轮开启旅程时，我突然有种被电影照进现实的感觉。

记得很清楚，那些天，当我一次次站在夕阳中的甲板上痴痴望向大海，当我一回回踏在舷梯上远眺首尔等繁华都市，当我一遍遍回味钢琴吧里忘情弹奏的爵士音乐……总会有一个名字冒出来，总会有一段旋律越来越清晰，那就是电影《海上钢琴师》里的男主“1900”和莫里康内为之创作的经典主题音乐《Playing Love》。

这是一部足以影响人一生的电影，也是被170万人打出9.3的评分的、稳居世界影史第13名的、被称为“人生圣经”的影片。

这部由朱塞佩·托纳多雷执导，蒂姆·罗斯、比尔·努恩主演的影片，自1998年上映以来，跨越了时间与空间的界限，深深扎根在每一位观众的心底。

影片以小号手麦克斯的回忆为线索，带领观众走进一位神秘钢琴家的传奇人生——1900年，新世纪的曙光尚未破晓，“弗吉尼亚”号邮轮上，黑人船工丹尼捡到一个弃婴，为其取名1900。懵懂孩童在船上长大，8岁时，指尖与钢琴刚一触碰，便天赋绽露，自此成为邮轮上的灵魂琴师。他在音乐中挥洒自由，也邂逅了纯美爱情。挚友麦克斯劝他奔赴陆地，可那未知世界令他心生怯意。岁月流转，破旧的邮轮即将被炸毁，麦克斯苦苦相劝，1900却依旧选择与船共亡，在轰鸣与火光中，为自己孤独又传奇的一生画上句号。

从1998年到2025年，每次重看《海上钢琴师》，我总会在某个瞬间热泪盈眶。或许是1900隔着舷窗轻触少女轮廓时，睫毛在玻璃上投下的蝶影；又或是他蜷缩在炸药堆里，用虚无的手指弹奏最后乐章时，衣领沾着的锈迹像凝固的血泪。导演朱塞佩·托纳多雷把毕生的温柔都注入了这艘锈迹斑斑的邮轮，让每个镜头都浸透了你我或远或近的人生。

这位意大利国宝级导演对画面的把控堪称一绝，每一帧都像是精心绘制的油画。影片中，“弗吉尼亚号”在大海上航行的画面，壮阔而又充满诗意。在描绘1900演奏钢琴的场景时，那组飘逸梦幻的特写镜头，在1900灵动的手指、沉醉的表情以及飞扬的乐谱间飞快切换，让观众仿佛能够触摸到音乐的灵魂。同时，他对色彩的运用也极为讲究，暖色调与冷色调交叉运用，让影片充满了孤独与神秘气息。这种对画面和色彩的极致追求，使得他为观众奉上了一场无与伦比的视觉盛宴。

而托纳多雷最厉害的，还是其赋予每部作品以深刻的内涵，这也是他最让我着迷的地方。除了这部《海上钢琴师》，他另外的那些大名鼎鼎的电影如《天堂电影院》《西西里的美丽传说》也无不如此。《天堂电影院》以电影为线索，讲述了一个关于梦想、成长和回忆的故事，展现了电影对人们生活的影响以及人们对电影的热爱；《海上钢琴师》则探讨了孤独、自由、理想与现实的关系，1900坚守在船上追求自己纯粹的音乐梦想，引发了观众对人生选择和价值的思考；《西西里的美丽传说》则以玛莲娜的遭遇为切入点，反映了战争对人性的摧残以及社会的现实与残酷。这些主题都具有普遍性和深刻性，让人观后回味无穷。

经典诞生的背后，往往有着诸多不为人知的幕后故事。在《海上钢琴师》的拍摄过程中，为了营造出真实的海上氛围，剧组可谓煞费苦心。他们为电影中的“弗吉尼亚”号找了真实的轮船进行近景实拍，那是一艘长达 240 米的苏联退役舰艇，逼真地还原了 1900 生活与演奏的空间。而为了拍摄海上航行镜头，剧组还专门制作了一个 6 米长的轮船模型，让观众跟随电影镜头，仿佛置身于波涛汹涌的大海之上。在那个特效技术还不发达的年代，这样的制作方式既展现了剧组的匠心，更体现出他们对电影品质的极致追求。

一部《海上钢琴师》，留下太多令人难忘的细节，而饰演 1900 的蒂姆·罗斯，他的眼神便是其中最动人的细节之一。他的眼神清澈而又纯净，当他专注于弹奏钢琴时，眼神中充满了沉醉和热爱；当他看到女孩时，眼神中瞬间流露出羞涩和温柔；当他面对未知的陆地时，眼神中则充满了恐惧和迷茫。蒂姆·罗斯通过细腻的眼神表演，将 1900 复杂的情感和内心世界完美地呈现给观众。

有两个场景令人印象深刻：一个是1900唯一一次决定下船时的场景。当他站在“弗吉尼亚”号的舷梯上，望着纽约的摩天大楼，眼神中充满了惊惧和犹豫。最终，他还是选择回到船上。后来他对麦克斯说：“城市那么大，看不到尽头。在哪里？我能看到吗？就连街道都已经数不清了，找一个女人，盖一间房子，买一块地，开辟一道风景，然后一起走向死路。太多的选择，太复杂的判断，难道你不怕精神崩溃吗？陆地，太大了，它像一艘大船，一个女人，一条长长的航线，我宁可舍弃自己的生命，也不愿意在一个找不到尽头的世界生活。我之所以走到一半停下来，不是因为我所能见，而是我所不能见。”这一段，真正让我们理解了他坚守在船上的选择。

另外一个场景当然是1900遇见一见钟情的女孩，这是影片中的一抹亮色。当他看到女孩的瞬间，眼神突然变得无限柔软，那一段即兴弹奏的轻柔、纯净的旋律，如同一缕春风，轻轻地拂过观众的心田，将1900内心的悸动与羞涩展现得淋漓尽致。

毫无疑问，蒂姆·罗斯的表演是这部电影成功的关键因素之一。而令人吃惊的是，他起初并不会弹钢琴，但为了能完美呈现角色，他进行了长达6个月的魔鬼特训。片中那些手部弹琴特写，都是蒂姆·罗斯本人的手，没有使用替身演员，他用自己的努力和坚持，赋予1900鲜活的生命力。

最后，我特别想说的是，莫里康内的配乐无疑是《海上钢琴师》的灵魂所在。这位名扬国际的音乐大师，以其天才的创作才华，精准把握影片每个场景的情感诉求，深入挖掘1900的内心世界，用音乐展现其天赋、孤独与对钢琴的执着。他为影片创作的配乐，与画面和剧情完美融合，相得益彰，简直是一场听觉的盛宴。

影片中的音乐丰富多样，每一段旋律都承载着独特的情感和意义。刚刚提到的爱情场景音乐，让男主柔情尽显；1900在头等舱为贵族们演奏爵士乐时，节奏明快，充满了活力与激情；当1900在暴风雨中弹奏钢琴时，音乐则变得激昂澎湃，展现出他内心对自由的热爱；当1900决定与“弗吉尼亚”号共赴死亡时，音乐则变得悲壮而又凄美，那缓慢而又沉重的音符，仿佛是他对自己一生的总结。莫里康内用音符诉说着1900的孤独、快乐、爱情与坚守，让观众在音乐的世界里，与1900的灵魂产生了深深的共鸣。

我曾无数次地迷失在莫里康内的音乐中，无论他的《天堂电影院》《西西里的美丽传说》还是《黄金三镖客》《美国往事》，那些极具感染力和张力的旋律，或磅礴宏大，或动人心魄，总能精准、细腻、深刻地传达出各种复杂情感，成就了世界影史上的一座座经典高峰。

总之，《海上钢琴师》是一部将导演风格与配乐艺术完美结合的经典之作。于观众而言，这部电影不仅是一场视觉与听觉的盛宴，更是一次对人性、梦想、孤独与爱情的深刻探索，让我们在观影后久久回味，思考人生的意义。它就像一部不朽的传奇，在电影史上留下了浓墨重彩的一笔，成为无数观众心中永恒的经典。

于我，它也同样意义非凡。20年前初看这部电影时，我尚不太懂1900选择不下船的意义。直到2019年人生不惑时，趁该片在国内大银幕修复重映后再看，才突然了悟——当爵士乐手杰利带着陆地世界的傲慢登船挑战，1900用发烫的琴弦点燃香烟的那一刻，我好像一下明白了他为何不肯上岸。因为陆地上的钢琴只有88个琴键，而海上的钢琴拥有整个宇宙星辰。

人到中年，该懂的自然就懂了。喧嚣的世界中，能找到一个宁静的港湾，思考自己内心真正的追求，太难太难。1900的选择正是真正忠于内心、忠于理想的决定。或许，我们每个人心中都有一艘永不靠岸的“弗吉尼亚”号，甲板上站着拒绝长大的自己，正在用整个灵魂守护88个琴键围筑的最初的梦想！

《海蒂和爷爷》：阿尔卑斯山上的温暖童话

漫步世界这么久，我见过希拉穆仁草原璀璨如诗的银河，也见过羊卓雍措湛蓝湖畔轻柔似梦的云朵；见过南中国海上披金绽彩宛如幻境的朝阳，亦见过马六甲海峡熔金洒赤仿若画卷的暮色；见过析城山顶烂漫花间犹如精灵的蝶影，还见过芦芽山间漱石鸣珠恰似歌谣的溪河……所以，当我遇见《海蒂和爷爷》时，顿时回忆翻飞，心领神会，不小心成了“海蒂”，再一次成为大自然的臣服者。

该怎样形容这部影片呢？它就像一首阿尔卑斯山上的温暖诗篇，用质朴的情节、细腻的情感和绝美的画面，编织出一场触动灵魂的盛宴；它更像一部温暖的童话，穿透现实的琐碎与疲惫，用一束光照亮我们内心深处最柔软的角落。

《海蒂和爷爷》改编自瑞士著名儿童文学作家约翰娜·斯比丽的同名长篇小说，故事距今已一百多年，仍然打动着一代又一代人。原著曾多次被改编为影视作品。作者14岁时曾在阿尔卑斯山下度过几个夏天，对这里充满炽热的感情，这段经历为她创作《海蒂和爷爷》带来灵感。2015年，同样出生在瑞士的导演阿兰·葛斯彭纳，把这部《海蒂和爷爷》带给世人，至此，“瑞士电影史最成功的作品”出现。不过，直到2019年它才在中国上映。

影片开场，便是阿尔卑斯山那如梦如幻的壮丽景色。连绵起伏的山峦，像是大地温柔的怀抱，一层薄纱般的云雾轻轻萦绕；广袤无垠的草地，犹如一片绿色的海洋，在微风中泛起层层涟漪；其间点缀着星星点点的各色野花，宛如大自然随意挥洒的颜料。这样的画面，美得让人窒息，瞬间将我从现实的喧嚣中抽离，带入了曾经走过的、经历过的那些美好。

在这片如诗如画的土地上，生活着海蒂和她的爷爷。爷爷是一个外表冷峻、内心善良的老人，他曾独自居住在山上的小屋里，远离尘世的纷扰。从小失去父母的海蒂原本被姨妈收养，但由于姨妈要到远方工作，便把海蒂甩给了从未见过面的爷爷。海蒂的突然到来，一度打乱了老人的生活，但小海蒂还是用阳光般的炙热，照亮了爷爷原本孤寂的生活。海蒂第一次见到爷爷时，那清澈的眼睛里没有丝毫畏惧，她脆生生地喊着“你好呀，爷爷”那一刻，爷爷紧绷的面容有了一丝不易察觉的松动，而我的心也被海蒂那明媚的笑容轻轻触动。

海蒂在山上的生活充满了自由与欢乐。她每天与羊群为伴，在草地上尽情奔跑嬉戏，感受着微风拂过脸颊的温柔，聆听着鸟儿欢快的歌声。有一个场景令我印象极为深刻：海蒂躺在柔软的草地上，望着湛蓝如水的天空。阳光透过树叶的缝隙洒在她的脸上，形成一片片金色光斑。她闭上眼睛，嘴角上扬，脸上洋溢着幸福的笑容。那一刻，她仿佛与大自然融为一体，那么的纯真，那么的快乐。这简单而美好的画面，不禁让我想起了自己童年时在晋阳湖畔捉蜻蜓、逮泥鳅、捕小虾的无忧无虑时光，心中涌起一股难以言喻的感动。

然而，海蒂的生活并非一帆风顺。后来她被姨妈骗到城市，成为瘫痪的富家小姐克拉拉的玩伴。城市的生活与阿尔卑斯山截然不同，豪华的城堡、精致的服饰，无法填补海蒂内心的孤独和对家乡的思念。在克拉拉家中，海蒂显得与环境格格不入。狭小的房间、拘束的礼仪，都让她感到压抑和窒息。即便如此，海蒂依然保持着善良和乐观。她用自己的真诚和热情，逐渐融化了克拉拉心中的冰雪，两个女孩也结下了深厚的友谊。

克拉拉是一个因残疾而失去了生活乐趣的女孩，她的世界里充满了灰暗和无奈。海蒂的到来，为她的生活带来了新的色彩和希望。她们一起学习，一起玩耍，海蒂给克拉拉讲述阿尔卑斯山上的奇妙故事，带她感受生活的美好。可随着被束缚的日子越来越长，海蒂逐渐失去快乐。最残忍的是，当海蒂偷偷藏进衣柜的软面包被管家抖落在地时，海蒂对阿尔卑斯山的牵挂和思念倾泻而出。

抑郁的海蒂终于被送回阿尔卑斯山，她和克拉拉的友谊虽然经历误解，却一直在延续。海蒂信中邀请克拉拉来山里。当克拉拉在奶奶的带领下终于来看望海蒂，当她第一次看到那壮丽的山脉、无垠的草地和自由翱翔的雄鹰时，眼中闪烁着激动和惊喜的光芒。

最令我感动的一幕出现了——久坐轮椅的克拉拉，在海蒂纯真友情的滋养下，在爷爷默默关怀的氛围中，竟奇迹般地站了起来！我瞬间落下欣喜的泪水，也开始重新审视“富足”人生的意义。影片中，克拉拉的父亲曾心怀不满，指责奶奶将体弱的孙女带到条件简陋的山区。在他眼中，只有优渥的生活与先进的医疗，才是女儿健康的依托。但当他看到站起来的克拉拉时，泪水也夺眶而出，终于知道自己大错特错。原来，真正的富足并非物质的丰裕，而是在真挚的亲情与友情中，得到心灵的安宁与力量，让生命绽放出最本真的光彩。

其实，在整部电影中，最为人称道的就是对亲情、友情的刻画，剧中人物的每个眼神、每个动作都饱含深情。爷爷看似孤僻冷漠，却在与海蒂相处的过程中，渐渐流露出深沉的疼爱。他为海蒂制作小凳子，在风雪夜为孙女雕刻木头鹰，在海蒂被姨妈带走后表现出落寞，后来为了海蒂上学而搬到山下……都是爱意的温度。他用自己的方式，守护着海蒂的童真，给予她无尽的安全感，让人感受到深沉而内敛的祖父之爱。海蒂对爷爷的爱同样真挚，她在城里时，时刻牵挂着爷爷，想尽办法回到他身边。当她终于再次回到阿尔卑斯山，扑进爷爷怀里的那一刻，亲情的光芒熠熠闪烁。

而克拉拉的奶奶，堪称全片最精妙的文化转译者。她以智慧和慈爱，引领着克拉拉去感受生活的美好，更让海蒂明白了读书的意义，找到了理想的方向。这位身着维多利亚式长裙的贵族老妇，敏锐地察觉到海蒂的阅读障碍并非智力缺陷，而是被山野驯化的自由灵魂对规训文字的本能抵抗。当她用羽毛笔在绘本扉页写下“故事要自己书写”时，海蒂人生的梦想开始启航。

值得一提的是海蒂的梦想，她渴望成为写故事的人，却遭到旁人的嘲笑。但克拉拉的奶奶那句“如果生命中有一些事让你开心，那就去做”，宛如明灯，为海蒂照亮逐梦之路，也让我们明白，梦想是生命中最珍贵的力量，不应被世俗的眼光所阻挡。

除了亲情之美，海蒂与克拉拉的友谊之花也在片中绽放，她们虽身份迥异却情谊深厚。海蒂的自由不羁，如阳光般照进克拉拉封闭的世界；克拉拉对海蒂的信任和依赖，也让海蒂收获了被需要的温暖。这种友情，纯粹而坚韧，是彼此心灵的慰藉。

影片结尾，海蒂如灵动的精灵在大草原上自由奔跑，而后停下，转身露出灿烂笑容。这一笑，展现的是对生活的热爱、对梦想的坚定、对所有爱她之人的感恩。它如一剂良药，让我们在这纷繁世界中，看到了最纯粹的美好。

特别想说的是，《海蒂和爷爷》除了精彩的剧情和动人的情感之外，电影的画面和音乐也堪称一绝。影片中阿尔卑斯山的每一处风景都像是一幅精美的油画，每一帧都美得让人想要截图保存。而电影的配乐更是为影片增色不少，那悠扬的旋律，仿佛是阿尔卑斯山的风声、鸟鸣声和流水声交织而成，与画面完美融合。当海蒂在山上奔跑时，那欢快的音乐让人忍不住跟着她一起欢呼雀跃；当她思念家乡时，那略带忧伤的旋律又让人感同身受，为之揪心。

最后，必须得说说成就这部佳作最大的功臣——小海蒂的扮演者阿努克·斯特芬，她在片中奉献了最伟大的表演。当初影片拍摄时，为呈现原生态生活，她需长时间在雪山上赤脚奔跑，常被冻得脸蛋通红，甚至要靠后期特效恢复唇色。导演阿兰·葛斯彭纳都对她的表现感到吃惊，那么小的孩子如此能吃苦，表演上又如此富有灵性，与原著里吃苦耐劳、简单淳厚的人物设定竟如此契合。

《海蒂和爷爷》这部电影，没有惊心动魄的情节，没有华丽炫目的特效，但却用最朴实的方式，讲述了一个最动人的故事。它不仅仅关乎成长和友情，更是对人性中真善美的一次深刻诠释。它让我们看到，在这个纷繁复杂的世界里，依然存在着那么纯粹的爱与美好。

这部电影对我的影响是深远的。海蒂就像一个天使，用她的纯真和善良，温暖着身边的每一个人，也让我在她的故事中找到了久违的感动和力量。她让我重新审视自己的生活，每当感到疲惫和迷茫时，我都会想起她在阿尔卑斯山上那灿烂的笑容，想起她与爷爷之间深厚的亲情，想起她和彼得、克拉拉之间真挚的友情。海蒂的故事让我们相信，无论生活多么艰难，只要心中有爱，有对美好的向往，就一定能找到属于自己的阳光！

国粹重光

——传统文化类——

《霸王别姬》：参不透戏里戏外半世纪人性史诗

2024年9月的那个傍晚，2700年的古城被夕阳浸染，我站在平遥电影宫红毯的尽头期待一个男人的出现。记不清过了多久，“陈凯歌”的名字伴随着尖叫声山呼海啸般袭来。很快，这位平遥国际电影展开幕式红毯上的压轴嘉宾，就站在了我身前两米的地方……

我曾无数次想象遇见陈凯歌导演的情景，从18岁第一次看到《霸王别姬》被震撼时就想。想问问他是如何拍出这样一部横跨半个世纪的史诗般经典的，更想问问他是如何把人性剖析得如此透彻犀利的。当他款款出现在眼前的那一刻，所有关于那部电影的记忆都渐渐复苏……

初看《霸王别姬》，恰同学少年，刚入大学的我，像被一道强光击中，震撼于程蝶衣的风华绝代与故事的跌宕起伏。多年后才知，电影由李碧华同名小说改编而来。当时作家身处香港，以独特的视角，借梨园艺人的经历，探讨忠诚、背叛、坚守等主题，映射复杂人性。创作《霸王别姬》时，作者融入了其对京剧的痴迷，并以犀利笔触与奇巧构思，完成了这部经典小说，奠定了电影《霸王别姬》成功的基础。

影片《霸王别姬》的故事起于 1924 年，围绕京剧名角程蝶衣和段小楼半个多世纪的命运沉浮展开。程蝶衣（乳名小豆子）被母亲切去畸形手指后进入戏班，历经严苛训练，与段小楼（乳名小石头）合演《霸王别姬》，声名大噪。程蝶衣人戏不分，对段小楼情真意切，而段小楼娶妓女菊仙后，与程蝶衣渐生嫌隙。抗日战争结束后，程蝶衣因给日军唱戏被抓，段小楼倾力营救。新中国成立后，段小楼为自保诬陷程蝶衣，程蝶衣也揭发段小楼，菊仙流产并绝望自杀。多年后，二人最后一次合演，程蝶衣终于出戏，自刎而去。

这是一部初看便能让人惊艳的作品，而被它惊艳的又何止我、何止中国影迷，更是整个华语影坛、世界影坛！1993 年，影片上映同年便摘得第 46 届法国戛纳国际电影节金棕榈大奖，成为首部获此殊荣的中国影片，至今（2025 年）也是唯一一部；它同时还获得第 51 届美国金球奖最佳外语片奖等多项国际大奖，成为华语影坛王冠上真正的明珠。

初看后的 20 年间，我几度重温，而今再看影片中人物命运的无奈与挣扎，我心中泛起更深的涟漪。程蝶衣一生坚守“从一而终”，不论是对京剧艺术，还是对师哥段小楼，他都倾注了全部的深情与执着，所谓“不疯魔，不成活”。程蝶衣对戏的痴迷达到了极致，甚至混淆了戏与现实的界限，将自己活成了虞姬。这不仅展现了他对艺术追求的执着，也暗示了他在命运面前的无奈和他的悲剧命运。而曾经的“霸王”段小楼，为求自保，在时代浪潮里一次次妥协，背叛了往昔的情谊与信念。他们的命运，映照出人生的无常与人性在困境中的复杂。

当年看，印象最深的有几句台词，其一便是贯穿全片的那句“我本是男儿郎，又不是女娇娥”。这句戏词本出自京剧《思凡》，《霸王别姬》借戏词展现了京剧的艺术魅力与文化底蕴，也借程蝶衣对京剧的痴迷，表达了对传统文化传承与坚守的思考。程蝶衣起初念“我本是男儿郎，又不是女娇娥”，秉持自身性别认知，但在师傅严厉纠正下，他改口，完成从“小豆子”到“程蝶衣”的转变，自此入戏，分不清戏与现实。我想，陈导想借这句台词探讨人性与命运，戏中“从一而终”，现实却难如愿，个体在复杂社会中是多么无奈啊。

另外一句就是：“说的是一辈子，差一年、一个月、一天、一个时辰都不算一辈子。”程蝶衣对段小楼的感情，从始至终都纯粹和执着，这句话将他对感情的极致追求展现得淋漓尽致，同时也凸显了他在面对段小楼的背叛、现实的残酷时的痛苦与绝望。当时真是被这种纯粹的痴魔感动，甚至有点厌恶菊仙在他们感情中的出现，以至于在程蝶衣自刎时，哭到不能自已。

二十多年的人生阅历，让我深知坚守的不易与妥协的心酸，不再单纯地批判或赞美，而是对他们的命运报以深深的悲悯。而今再看《霸王别姬》，更能体会到时代对个体的塑造与碾压——从民国到抗战，再到特殊历史时期，影片以梨园为缩影，展现了时代的风云变幻。人物在时代洪流中，渺小如蝼蚁，他们的理想、爱情、尊严，被时代的车轮无情碾碎。我越发明白，个人命运不仅由自身性格左右，更与时代的宏大叙事紧密相连。

最近一次重温，最为感慨的反而是菊仙的命运。这位历经风霜的女子，其真心付出并未得到真正的回报。段小楼在面临危机时，为了自保竟然毫不顾忌地要与她离婚；她一次次向程蝶衣释放善意之后，关键时刻，程蝶衣对她妓女身世的无情揭发，彻底击垮了内心本善的她。最终，她选择了身穿嫁衣自缢身亡。这种悲惨结局，展现的正是人性在面对困境时的脆弱，感情在现实面前的不堪一击。

片中关爷有句话："人纵有万般能耐，终也抵不过天命。"程蝶衣、段小楼、菊仙等人物无论在时代洪流中如何挣扎努力，在历史大背景下都表现得那般渺小无力。

应该说，《霸王别姬》留给人的思考是长久而厚重的，最强烈的是感慨命运的悲凉无常；同时，作为长期高居中国电影评分榜前列的作品，它在美学上留给人的余味又是愉悦而悠长的。陈导以宏大视野与深刻洞察，把控影片节奏与情感，借梨园故事，勾勒出复杂人性与时代变迁，同时展现了深厚的文化底蕴，使其兼具思想性与观赏性。

除了叙事结构精巧、情节跌宕起伏，影片的色彩、光影、配乐搭配都很精妙，张国荣、张丰毅、巩俐等演员亦贡献了殿堂级的表演。而张国荣饰演程蝶衣，简直是赋予角色以灵魂，举手投足皆为经典。据说当年张国荣为争取程蝶衣一角，主动寄去试镜录像带，最终他对角色的理解与执着打动了导演。后来有个很著名的故事，某电影奖差点把“最佳女主角”奖颁给他，这当然也是对其出神入化演技的另一种认可。

记得当年国际影评联盟对《霸王别姬》有这样的评价：“《霸王别姬》一片深刻挖掘中国文化历史及人性，影像华丽，剧情细腻。”“影片用中国文化积淀最深厚的京剧艺术及其艺人的生活，有着人性的思考和人生存状态的表述，更通过几十年的时事风云，透射出一股中国传统文化的哲学思考。”可以说，这些评价高度概括了影片在文化内涵、人性挖掘、影像表现和剧情构建等方面的卓越成就，值得国人骄傲。

《霸王别姬》就像一面镜子，映照出二十多年来我人生感悟的变化。它让我在岁月的沉淀中，领悟到人生的复杂、时代的力量，以及艺术跨越时光的永恒魅力。

《一代宗师》：戏内武林春秋，戏外念念不忘

6月的最后一天，伴雨而终。雨声淅沥的夜晚，天地间陡然生出一份宁静。不经意间，我又想起了“那场雨”，那场雨夜里酣畅的打斗，雨水如墨滴般晕染青石板的画面，拳风带起的水花迸射出震撼灵魂的东方美……于是，我又一次走进了电影《一代宗师》。

对于王家卫，我始终是有些偏爱的。上大学那会儿，我还专门写过关于电影《花样年华》的论文，喜欢他电影的画面、台词、音乐，更喜欢他电影的调调。说句真话，我心里有过他。我把这话告诉大家也没什么，喜欢人不犯法。在《一代宗师》上映前，我也只能到喜欢为止了；而在《一代宗师》上映后，我把这种感

受叫作：崇敬！

第一次看这部电影是2013年。那年，《一代宗师》横空出世，它以民国年间南北武林的更迭为背景，围绕咏春宗师叶问（梁朝伟饰）的人生轨迹，串联起宫二（章子怡饰）、宫羽田、一线天等武术传人的命运，在刀光剑影中勾勒出中国武学“见自己、见天地、见众生”的精神境界。

同年，该片斩获第33届香港电影金像奖最佳影片、最佳导演等12项大奖。在海外，影片入围第86届奥斯卡金像奖最佳摄影提名；《纽约时报》评价其“用武侠的壳装下了整个东方哲学体系”；法国《电影手册》将其列为“2013年度十大佳片”……尤其值得一提的是，影片在北美艺术院线连映8周，观众为看懂其中典故，竟自发查阅《逝去的武林》等武学典籍，形成“看电影学中国武术”的文化现象。

有人说，单凭这些，就足以让《一代宗师》和王家卫名垂影史。从筹备到上映，这部电影跨越了漫长岁月，王家卫对其倾注了无数心血。筹拍初期，他们走访多地，与众多武林人士交流切磋，对影片定位也不断修正，最终展现出民国武林的真实风貌与中华武术的深邃内涵。毫不夸张地说，他为中国影史留下了一部弘扬国粹的经典影片！

哪有随随便便的成功与经典？早在1996年，《一代宗师》创作的种子就已萌发。彼时王家卫正在阿根廷拍摄《春光乍泄》，一本印有李小龙照片的杂志闯入他的眼帘。李小龙，这位在世界武术与电影领域都留下深刻印记的传奇人物，虽已离世20年，却依然散发着无尽的魅力，引发了王家卫对其师父叶问以及那个武侠时代的浓厚兴趣。所谓念念不忘，必有回响。2001年，王家卫在筹备《花样年华》期间偶然接触到叶问后人，又被“咏春宗师”叶问的传奇人生触动。由此，以武学传承为脉络，勾勒民国武林群像的创作花蕾迎来初放。

“墨镜王”的“慢”是圈内人周知的，所谓慢工出细活。为了真实还原民国武林生态，从2008年起，王家卫开启了一场漫长而艰辛的探寻之旅——他横跨南北，足迹遍布北京、天津、山西、河北、内蒙古、黑龙江、吉林、辽宁、上海、浙江、台湾、广东、香港、澳门等地，拜访了咏春、八卦、八极、形意、通背、心意等各大拳派的百余位民间功夫宗师。我在记录《一代宗师》幕后故事的纪录片里，还看到了他走访山西戴龙邦故居，与山西的形意拳师傅、心意六合拳师傅切磋武学的画面。

王家卫的这份诚意，天地可感，彻底打动了这些武林人士，他们纷纷打破门派限制，将自家绝技倾囊相授。在与这些宗师的交流中，王家卫深入了解了各派武术的历史渊源、动作要领、文化内涵，以及背后的江湖规矩、武林轶事。这些珍贵的第一手资料，成为《一代宗师》的创作源泉，更成为挖掘“武林精神”的绝学秘籍，也让影片没有囿于对武术的表面呈现。

《一代宗师》并没有采用传统的线性叙事方式，而是以一种碎片化、多线交织的叙事结构，勾勒出民国武林的众生相。影片围绕叶问、宫二、宫羽田、一线天等主要人物展开，通过他们的命运起伏，展现了那个时代武林的风云变幻。

叶问，作为影片的核心人物之一，是咏春拳的杰出代表。他出身优渥，对武术有着纯粹的热爱与执着。影片开篇，叶问在雨中以咏春拳法对战群敌，动作行云流水，刚柔并济，尽显宗师风范。在时代的洪流中，叶问经历了家道中落、战乱流离，但始终坚守着对武术的热爱，传承使命。他前往香港后，致力于推广咏春拳，将这一国粹传播到更广阔的天地，践行着“千拳归一路，让咏春传遍世界”的理想。

宫二，这位奇女子同样令人印象深刻。她是宫羽田的女儿，冰雪聪明，武艺高强。宫二一生坚守着自己的原则和信念，为父报仇，奉道不传艺，将自己的一生都献给了武术和尊严。她与叶问之间，有着一种超越爱情的惺惺相惜，这份情感含蓄而深沉，在举手投足、眉目流转之间流露，令人动容。宫二的“六十四手”惊艳绝伦，却因种种原因未能完整传承，成为武林的一大遗憾，也象征着那个时代传统武术传承面临的困境。

宫羽田，身为一代武林名宿，心怀武林大同的宏愿。他隐退之际，试图通过与南方武林的交流，实现南北武术的融合，为武林增添新的活力。他看重叶问的才华，有意将其作为推动武林发展的新生力量，其胸襟和气度令人敬佩。然而，他的徒弟马三却背信弃义，卖国求荣，与他的理念背道而驰，师徒之间的矛盾冲突也成为影片的一大看点。

一线天，身怀绝技，性格豪爽，抗日逃亡后流落香江。他与宫二之间有着一段特殊的缘分，在江湖中各自经历着人生的起伏。

这些主要人物的命运相互交织，他们在武林中的挣扎、奋斗、坚守与传承，构成了一幅生动的民国武林画卷。

除了人物塑造可圈可点，王家卫独特的视听语言风格在《一代宗师》中也发挥得淋漓尽致。中华武术与东方美学的完美融合，给人以简洁、大气、含蓄的美感，武术与自然、环境的融合，让这部动作片焕发出迷人的光彩。

印象很深的是叶问与宫羽田在金楼“掰饼”那场戏，两人相对而坐，背后是古色古香的屏风、精美的装饰、绝艳的民国美人，整个画面充满了东方韵味。而叶问在雨中打斗的场景，阴暗的色调、密集的雨幕、飞溅的水花，营造出紧张压抑的氛围，也展现了武术的力量之美。

《一代宗师》的色彩十分“王家卫”，灰、黑、棕等暗色调，营造出一种沧桑、厚重的历史感，契合了民国那个动荡不安的时代背景。同时，偶尔出现的亮色，又为影片增添了几分灵动与奢华。

王家卫的镜头语言堪称一绝，他运用了大量的特写、慢镜头和长镜头，细腻地刻画人物的情感和动作，展现武术的精妙之处。

片中的高潮戏，宫二与马三在火车站对决时，特写镜头下宫二坚定的眼神和马三凶狠的表情，将两人的心理状态展现得淋漓尽致；慢镜头的运用让观众能够更清晰地欣赏武术动作的细节和美感；长镜头的使用则让观众仿佛置身于那个武林世界之中。

令人心醉的还有影片的配乐，无论是尽显东方特色的二胡、古筝、箫等乐器的运用，京剧唱段的呈现，还是作为西方经典的《美国往事》中莫里康内音乐的闪回，旋律都与影片的画面相得益彰，烘托出人物的情感和氛围。

武术设计是《一代宗师》的一大亮点。王家卫摒弃了传统功夫片追求视觉刺激的打斗场面，通过精心设计的动作，深入挖掘人物的性格和中华武术的内涵。叶问的每一次出拳都沉稳有力，体现了他的内敛与自信；宫二在为父报仇时，动作决绝凌厉，透露出她内心的仇恨与坚定；马三的招式狠辣，尽显其阴险狡诈。武术不再是技艺！

而最令人念念不忘的，永远是王家卫电影中的台词，每一句都饱含深意——“世间所有的相遇，都是久别重逢”，道出人与人之间奇妙的缘分。叶问与宫二的相遇，看似偶然，实则命中注定。

他们在武学上的惺惺相惜，在情感上的若即若离，都像是前世就已埋下的伏笔。“念念不忘，必有回响”，贯穿全片，它是信念，是坚持，也是对生活的期待。无论面对怎样的困境，只要心中有念想，就总有希望。

王家卫通过电影《一代宗师》扬起了中华武学传承的希望，这也是这部作品深层的文化价值。影片上映后，佛山叶问纪念馆参观人数激增300%，香港咏春拳馆招生量年增40%，甚至纽约、伦敦等地出现以“宫二”“一线天”命名的武术工作坊。王家卫在访谈中曾说：“我拍的不是功夫片，是我们民族失落的体面。”

当《一代宗师》的火车驶过20世纪40年代的东北时，我总想起《霸王别姬》里穿越民国戏台的镜头。这些电影都在做同一件事：用胶片抢救即将消失的文化记忆。《卧虎藏龙》里李安让玉娇龙在武当山舞剑，剑风扫落竹叶的沙沙声，与《一代宗师》里宫二雪地练拳的咯吱声，构成奇妙的互文。甚至甄子丹在《叶问》里打出的咏春木人桩，都在回应王家卫镜头下叶问说的那句“功夫就是时间”。

而时间可以证明一切，当梁朝伟为演活叶问，半年里每日挥拳 8 小时，指关节因长期击打木人桩磨出厚茧；当章子怡在零下 20 摄氏度的片场练习八卦掌，裙摆结冰仍坚持完成“雪地对打”戏份……他们后来无论捧起多少奖杯，都可称之为“时间的馈赠”。

记得记录《一代宗师》幕后故事的纪录片中有这样一幕，王家卫在山西采风，有位老师傅说：“现在年轻人学拳，总问这招能不能打，却没人问这式从哪里来。”王家卫用三年走访、十余年酝酿拍成的《一代宗师》，恰似给武林文化立传的司马迁。当电影结尾老年叶问在香港教拳时，窗外飘进的粤曲声与北方拳派的招式重叠，我突然明白：所有国粹电影都在做同一件事——让中华文化在银幕上能继续呼吸，让那些古老精华在数字时代依然能延续中华民族的文化血脉！

破茧者书

——励志成长类——

《三傻大闹宝莱坞》：做个拥有梦想的“傻子”

“当你对环境不满意时，你能做的只有改变自己。”每每遇到无奈境遇，我总会想起这句话。说这话的人，正是印度宝莱坞的国宝级男神阿米尔·汗。忘了是从何时起开始关注并喜欢上他的，大约就是从十几年前第一次看到《三傻大闹宝莱坞》这部片名奇怪的电影开始的。

起初觉得，这个片名翻译得莫名其妙，一度把它划归烂片之列，直到2012年的某一天偶然看后，大受触动，惊为神作！之后的很多年，我不仅数遍重温了此片，还看了阿米尔·汗主演的很多电影：《地球上的星星》《未知死亡》《幻影车神》《我的个神啊》

《摔跤吧！爸爸》《神秘巨星》《印度暴徒》……几乎每一部作品都有穿透灵魂的冲击感，而我也逐渐通过作品了解到阿米尔·汗的真实故事——

这个诞生在印度、拥有显赫演艺世家背景的翩翩公子，曾是童星出身，后来转战网球界，收获一堆荣誉。再之后，他竟杀回演艺圈，且凭一己之力，走上了改变国家的道路。这不禁让人想到 2024 年大火出圈的路易吉，明明家世优渥，明明能一世无忧，却不惜涉险，以福泽众生为己任。

阿米尔·汗的作品总是对准印度的种族问题、教育问题、女性问题等顽疾，如一把手术刀般直插社会问题的要害。2012 年，他跨界主持了一档真人访谈节目《真相访谈》，在节目中大胆探讨重男轻女、巨额嫁妆、家庭暴力、种姓制度等敏感问题，引起巨大社会反响；他还担任联合国儿童基金会形象大使，为儿童权益等问题积极奔走……那时我终于知道为什么他被称为“印度良心”，也终于知道为什么自己总能被他的作品击中内心，正所谓心中有大爱者，片中自然流淌大爱。

现在说回《三傻大闹宝莱坞》。如果让我为这部影片写一段解说词，大概是这样的：在光影的璀璨星河中，这部电影无疑是一颗独特而耀眼的恒星，每一次重温，都似一场心灵的深度洗礼，感动如潺潺溪流，在心底缓缓流淌。这部电影，不仅是一段青春的诙谐与热血交织的旅程，更是对教育、梦想与人生价值的深刻叩问。

该片根据奇坦·巴哈特的小说《五点人》改编而成，采用插叙的手法，以兰彻、法罕和拉加三位好友在印度著名学府——帝国工业大学的求学生涯为主线，用幽默诙谐又不失深刻的笔触，勾勒出教育体制下人性的挣扎与光辉。故事的开始，法罕和拉加应查图尔的“十年之约”，踏上寻找失踪多年的兰彻之旅。在这段充满未知与惊喜的寻友途中，记忆如潮水般涌来，将他们带回那段激情燃烧的大学时光。

兰彻，这个由阿米尔·汗饰演的灵魂人物，宛如一阵不羁的狂风，席卷着传统教育的刻板与沉闷。他不循规蹈矩，对知识充满纯粹的热爱，以独特的视角和创新的思维挑战着学院墨守成规的教学模式。课堂上，他敢于质疑权威，与校长“病毒”的教条理念激烈碰撞。那些精彩的交锋场景，如同一把把锐利的手术刀，精准地剖析出传统教育重分数轻能力、重理论轻实践的弊端。当校长以陈旧的方式教授机械原理时，兰彻却用生活中的点滴实例，如用灭火器演示压力原理等，让知识鲜活起来，让同学们看到学习本应是一场充满乐趣与探索的冒险，而非枯燥的死记硬背。

阿米尔·汗对兰彻的演绎堪称一绝。为了塑造角色，他经历了严苛的身材管理，先增重28公斤饰演中年兰彻，后又在短短5个月内减重，还原青年兰彻的精瘦形象。这种对表演的极致追求，让兰彻的每一个眼神、每一个动作都充满了生命力，他的乐观、智慧与善良，如同温暖的阳光，透过屏幕洒在每一位观众心上。

影片中的法罕和拉加，是大多数普通人的真实写照。法罕热爱摄影，却在父亲的期望下无奈选择工程学，内心的梦想与现实的压力相互拉扯；拉加出身贫寒，家庭的重负让他在求学的道路上战战兢兢，试图通过跳楼来逃避不堪的压力。他们的故事，是无数年轻人在梦想与责任之间徘徊的缩影，让我感同身受，心疼不已。而兰彻的出现，如同一盏明灯，照亮了他们迷茫的人生道路，引导他们勇敢地追寻内心的声音。

电影的成功，离不开导演拉库马·希拉尼的匠心独运。他巧妙地运用双线叙事，将回忆与现实交织，在幽默逗趣的情节中融入深刻的思考，让观众在欢笑与泪水中领悟人生的真谛。每一个场景的切换、每一段音乐的插入都恰到好处，如影片中那首轻快的《给我一些阳光》（*Give Me Some Sunshine*），在展现法罕和拉加困境时响起，歌声中对自由和希望的渴望，瞬间击中人心，与画面完美融合，成为经典。

《三傻大闹宝莱坞》不仅在印度本土引起轰动，更在全球范围内收获无数赞誉。影片让我们看到，印度电影并非只有华丽的歌舞，更有对社会问题的深刻洞察和对美好人性的执着坚守。这部电影如同一面镜子，映照出我们在成长过程中所经历的迷茫、挣扎与坚持，提醒我们在人生的道路上，不要忘记最初的梦想，要像兰彻一样。

我想，这部影片之所以能在全球范围内风靡一时，还有一个原因，就是它引发的共鸣。因为当今社会，类似的教育困境依然普遍存在，无数青少年在沉重的课业负担下，失去了对学习的热情，他们的创造力和想象力被无情地磨灭。影片通过兰彻的经历，向世人敲响警钟：教育的本质应该是培养全面发展的人，而不是只会考试的“书呆子”。

每次重温《三傻大闹宝莱坞》，我心中的那份感动依然如初。它就像一位老友，在岁月的长河中静静陪伴，用温暖而有力的声音告诉我们：无论世界如何喧嚣，都要坚守内心的热爱，去追寻属于自己的那片天空。不如，我们都做一个拥有梦想的“傻子”吧！

《放牛班的春天》：总有希望在前面等待

在国内一些中学音乐教材中，有一首被孩子们评价为“最好听的歌”“渗透灵魂的歌”“最治愈的歌”……的歌，它就是2005年发行的法语原声大碟 *Les Choristes Cerf volant* 中的《眺望你的路途》（*Vois sur ton chemin*），而这首歌正是影史上法国经典电影《放牛班的春天》的主题曲。我也曾无数次在安静时刻沉浸在这首童声合唱曲中，体味它的治愈与感动，如同咀嚼它的经典台词“永不放弃，总有希望在前面等待”给人的力量。

这是一段爱与救赎的故事，更是一场音乐与人生的奇迹，《放牛班的春天》向我们展示了教育真正的力量和人性本源的美好。

时间回到2004年，法国导演克里斯托夫·巴拉蒂，带着他的电影处女作登陆影坛。谁知电影一亮相便艳惊四座，不仅获得了第77届奥斯卡金像奖最佳外语片奖项，当时还在全球累计赢得了超过8800多万美元的票房，更创造了法国电影新概念——阳光情感电影。从此世界影坛多了一位著名导演：克里斯托夫·巴拉蒂。

巴拉蒂原本是一位出类拔萃的古典吉他手。1991年，他加入本片监制雅克·贝汉创立的电影公司，并为该公司监制了多部电影，包括《微观世界》《雪岭传奇》《迁徙的鸟》等。当他决定拍摄自己的首部长片时，童年的音乐学习经历如灵光闪现，他理所当然地锁定了音乐主题。他想起七八岁时看过的音乐电影《关夜莺的笼子》（A Cage of Nightingales），那是一部1945年的老电影，当年他深受这部作品感动，三十多年后，他决定把这部旧作改编重拍。

为了找到合适的演员来饰演片中那些问题少年，巴拉蒂前期花费了很多时间和精力。他走访法国各地的学校，在青少年中心进行广泛选拔，一个个试演、一个个试音，最终他找到了一群非常有天赋的小演员，也为影片的成功打下了坚实基础。

顾名思义，“放牛班”就是一个为后进生开设的、对学生放任不管的班级，而他们终于在爱的滋养下迎来了真正的“春天”。

《放牛班的春天》故事虽简单，却感人至深。电影背景设定在1949年的法国乡村。一位怀才不遇的音乐老师马修（热拉尔·朱诺饰演）来到一所名为“池塘之底”的男子寄宿学校。这所学校专门接收问题少年，校长采用高压和体罚的方式来管理学生，而马修则用音乐来感化学生，引导他们走向正途。他的到来不仅改变了他自己的生活，更改变了学生们的命运。

电影中，老师马修用他的爱、他的无私、他的包容、他的精神力量和人格魅力去感染和帮助这些在别人眼里无药可救的问题少年。他组织起合唱团，用音乐的力量来打开学生们封闭的心灵，使孩子们逐渐变得活泼可爱。尤其在发现学生皮埃尔拥有非同一般的音乐天赋后，他鼓励皮埃尔成为更好的自己。皮埃尔最终成为著名的音乐家。尽管最后马修被学校冤枉遭解雇，离开“池塘之底”，但孩子们把最真情的“纸飞机”留在了他的生命中。马修还带走了可怜的孤儿派皮诺，让他在温暖中成长。

电影从倒叙进入，缓缓拉开，展示了教育的力量和爱的伟大，让人们明白原来每个孩子都是一颗隐藏的明星，只要被关爱呵护，他们就能熠熠生辉。记得德国哲学家雅思贝尔斯曾说：“教育的本质，是一棵树摇动另一棵树，一朵云推动另一朵云，一个灵魂召唤另一个灵魂。”本片就是对这句话的完美诠释。

其实我并不太热衷“鸡汤片”，一眼看到结局的故事让人少了些回味，但这部作品的现实意义巨大，它让教育的重要性得以升华。神奇的是，影片放映之后，法国的合唱团体如雨后春笋般涌现，特殊孩子的教育也受到关注，这就是好电影的力量！

顺便说一句，该片的原声来自法国里昂的圣马克儿童合唱团，其前身是里昂大教堂唱诗班，历史超百年。该团以演唱宗教歌曲、古典音乐闻名，风格多元。因《放牛班的春天》原声大碟走红，电影原声专辑全球销量超800万张，圣马克儿童合唱团知名度大增，其盛名享誉世界。

本片堪称法国版的《春风化雨》，而且还有一丝《天堂电影院》的味道。虽然此类以音乐感化顽劣学生的电影并不新鲜，但本片仍打动了无数人，成为年度法国票房冠军，在我看来，其中动人悠扬的配乐应记大功。《放牛班的春天》的电影音乐由法国电影音乐家布鲁诺·库莱斯担纲，他曾获法国电影凯撒奖最佳电影音乐奖。这部影片的音乐风格清新温暖，以悠扬的旋律、纯净的童声合唱为主，营造出温暖、治愈的氛围，同时传递出希望与美好。

作曲家为了创作这些音乐，花费了两年的时间深入了解电影的主题和情感。除了文章开头说的那首主题曲《眺望你的路途》，原声专辑中的其他每一首也都值得反复回味。作品融合了多种元素，如宗教音乐元素、格利高里圣咏等，增添了其神圣感与庄严感；还融入古典音乐元素，弦乐、钢琴搭配，提升了音乐的层次与质感。可以说，布鲁诺·库莱斯的音乐有着涤荡灵魂的力量和余音绕梁的魅力。

电影尾声的一个场景特别触动观众：校长不让孩子们去送离职的马修，马修只好一个人孤独离开。“我盼望着能看到孩子们涌到门口和我道别。可是没人，这些孩子们的谨慎看起来更像是冷漠。”谁料一转过楼角，一架架纸飞机从天而降，纸飞机里面写满了孩子们的祝福。马修抬头望去，纸飞机还在继续飘落，如诗一般。“在第一张纸上我看到了彭尼法斯细腻的笔迹，而那个错误的拼写应该是派皮诺的，那张画着乐谱的则带着莫杭治的签名，一张……又一张……”虽然墙太高，窗口只能看到孩子们挥别的手，可马修的眼角还是涌出泪花。

他欣慰地笑了，仿佛又看到他们曾经捣蛋的样子，还看到他们如今可爱的脸庞，之后便转身离开。“那一刻我感觉自己的每一寸肌肤都充满了幸福和愉悦，我想对全世界喊，可是又有谁能听到呢？我叫克莱门特·马修，失败的音乐家！失败的学监！”可电影之外的所有人都听到了，这位“失败者”才是最大的赢家，他的孩子们已经在心里迎来了真正的“春天”。

最后，特别想提一句该片男主角马修的扮演者热拉尔·朱诺，他把落魄音乐人演绎得克制收敛、入情入性。而最值得一提的是，他还是本片的制片人，当时他为了这部作品的问世抵押了房产。可能正是这份信念和坚持，让作品大火，他也成为法国身价最高的男演员！此刻，我想起了吴京拍《战狼》时的情景，简直如出一辙。上天不会辜负每一位破釜沉舟的勇敢者。

一双《小鞋子》：一段爱的接力跑

提起伊朗，你最先想到的是什么？是古老的波斯帝国，是石油、天然气，还是其女性需戴头巾的传统习俗？在我的有关伊朗的记忆里，始终珍藏着一双温暖、舒适、美好的“小鞋子”——那就是1997年上映，1998年便入围奥斯卡最佳外语片，囊括11项国际大奖且触动心灵的伊朗电影《小鞋子》。

在电影的浩渺星河中，有很多佳作光芒灼人，而这部《小鞋子》却是非常独特的一颗。影片低调而平凡，不炫技、不抢眼，但在众多以儿童视角与家庭困境为题材的影片中，却最不容忽视，散发着迷人且持久的光芒。每次重温它，我都像找回了自己失散已久的纯真童年，那些细腻的情感和质朴的故事，总能带来如初遇时一样的感动。

之所以说它“平凡”，是因为这部影片没有跌宕起伏的宏大叙事，也没有刻意渲染的煽情片段，仅仅围绕一对兄妹阿里和莎拉、一双丢失的小鞋子展开——阿里为妹妹修好了唯一的一双鞋子，但在买菜时，不慎将鞋子弄丢了。而一双鞋子对于这个贫困的家庭来说，是一笔不小的开支。于是，阿里和莎拉决定瞒着父母，轮流穿阿里的旧球鞋上学。莎拉每天穿着偏大的球鞋飞奔回家，只为能让阿里及时换上鞋子去上课。在这个接力的过程中，兄妹之爱尽显，那是在困境中相互扶持、相互理解的默契。

为了能给妹妹赢得一双新鞋子，阿里报名参加了学校的长跑比赛，因为季军的奖品是一双运动鞋。比赛那天，阿里拼尽全力，心中只有妹妹的鞋子。他摔倒了又爬起来，始终没有放弃。最终，他在众人的惊讶中，竟意外地获得了冠军，可他心心念念的却是季军的奖品。当他满是疲惫与失落地回到家，将一双磨得满是水泡的脚泡在水池里时，水中一群金鱼围过来嬉戏，那画面既让人心疼又充满希望。而此时，父亲在回家途中，自行车上放着给兄妹俩买的新鞋……

这部电影不仅仅是一部关于一双鞋子的电影，更是对童年梦想、家庭温暖和坚韧生活的赞歌。阿里和妹妹在面对困境时的相互理解、相互扶持，以及他们对家庭的责任感，通过一个个生活细节展现得淋漓尽致。比如妹妹穿着哥哥补得略显粗糙的鞋子回家时，小心翼翼，生怕弄脏，那是对来之不易的“新鞋”的珍视，是对家庭状况的体谅。这种纯粹的情感，不掺杂质，直击人心，让人在简单的故事中感受到人性的温暖与美好。

对，影片的剧情就是如此简单，却让伊朗电影一时间蜚声国际。导演马基德·马基迪完全以儿童的视角为切入点，展现出一个充满纯真与希望的世界。阿里和妹妹在困境中没有抱怨，没有放弃，用自己的方式去解决问题。阿里参加长跑比赛，只为赢得季军，获得一双运动鞋送给妹妹。他眼中只有终点线，眼神坚定，让我们看到孩子对目标的执着。从儿童的视角出发，也使影片多了一份纯真与无邪，让观众以全新的角度去审视生活中的苦难，在同类题材中显得格外清新脱俗。

《小鞋子》一经问世，便给全世界影坛带来一股清新之风，伴随着这股清风，也引发了全世界影迷对伊朗电影的兴致。时间回溯到1900年，一段用赛璐珞胶片记录的皇家和贵族阶层日常生活影像，宣告了伊朗电影的诞生。20世纪40年代，伊朗电影开始起步，直到20世纪90年代，伊朗电影新浪潮才兴起，《小鞋子》横空出世。它开创了伊朗小成本电影占据国际市场的先河，在全球广受关注；它的儿童视角、温情故事和写实风格，为伊朗电影在国际影坛上树立了独特形象，也激励了更多伊朗电影人坚持走艺术创新之路。

在《小鞋子》之后，伊朗电影佳作频出，比如我们很熟悉的2012年获得奥斯卡最佳外语片的《一次别离》。伊朗电影在国际电影节上屡获殊荣，在威尼斯电影节、戛纳电影节、柏林电影节等世界顶级影展上都有出色表现，在全球范围内的影响力也持续扩大。

作为一部伊朗电影，《小鞋子》更成为传播伊朗文化的重要载体。众所周知，伊朗是一个长久经历战火的国家，然而电影却没有营造悲苦与创伤的氛围，它通过对当时社会的细腻刻画，展现出伊朗普通民众的生活状态。虽然社会贫富差距很大，虽然穷人要面对贫困的生活环境、紧张的家庭经济，但人们没有消极与绝望。阿里一家在困境中依然保持着善良、乐观的品质，这让观众看到了伊朗社会底层人民的风貌，使影片有了更深刻的内涵和社会价值。电影中所展现的伊朗城市与乡村风貌、独特的风俗习惯以及宗教文化元素，也让世界观众对伊朗有了更直观、更深入的了解，打破了外界对伊朗的一些片面认知。

说了《小鞋子》这么多的好，似乎还不够，因为我相信，如果你看过这部电影，令你念念不忘的一定是两位小主演，饰演阿里的阿米尔·法拉赫·哈什米安和饰演妹妹扎赫拉的巴哈丽·西迪奇的出色表演成就了这部电影。他们并非专业演员，却凭借着纯真自然的演技，将角色演绎得栩栩如生。他们的眼神中透露出的对生活的渴望、对梦想的执着，以及面对困难时的坚韧，深深打动着每一位观众。尤其是阿里的扮演者，他在长跑比赛中的那股拼劲，他脸上的汗水，他坚定的表情，仿佛能让人感受到他内心的炽热与挣扎。

影片的幕后故事同样令人动容。导演马基德·马基迪为了找到合适的小演员，在伊朗的大街小巷寻觅了许久。他希望找到的孩子能有最纯粹的眼神和质朴的气质，就像影片中所展现的生活一样真实。拍摄过程中，条件十分艰苦，但孩子们和整个剧组都全力以赴。他们用简单的镜头语言，勾勒出了一个充满温情与希望的世界，让我们看到了在物质匮乏的生活中人性的美好与力量。

导演马基迪曾说："文化比政治更重要，希望电影可以消除人与人之间的疑虑和误解，改变他人对伊朗的想法。"《小鞋子》已经帮助导演实现了这个愿望。它的出现似乎就是要证明，电影无须华丽的特效和复杂的剧情，仅靠简单真实的故事和深刻的情感表达，同样能够打动观众，成为电影史上的经典之作！

2025 年初，当我又一次重温这部影片后，专门查了查两位小主演后来的情况。阿米尔 · 法拉赫 · 哈什米安，出演《小鞋子》时只是伊朗一名普通的小学生，拍完《小鞋子》后，没有太多有关他继续从事演艺事业的报道，巴哈丽 · 西迪奇同样如此。或许如今他们像大多数人一样过着平凡生活，不过他们在《小鞋子》中出色的表演，早已铭刻在全世界影迷的心中。

观微知远

——微观叙事类——

《地球上的星星》：以爱之名，照亮每一个孤独星球

在城市入冬后特别冷的一天，我邂逅了《地球上的星星》这部由阿米尔·汗执导的佳作，它就像一道明媚的阳光，温暖治愈，直击人心。一直以来，对阿米尔·汗的喜爱都难以言表。《地球上的星星》是这位印度国宝级影人的导演处女作，一出手便展现出非凡的才华。影片不仅一举摘下多项大奖，更是在上映后的十余年，在世界多地持续推动各方对特殊儿童教育问题的关注。

电影的故事聚焦于8岁小男孩伊桑，他有着丰富的想象力和天马行空的思维，然而先天性阅读障碍却成为他在常规教育体系中难以跨越的鸿沟。在学校，伊桑因学习成绩不佳饱受老师的斥责

和同学的嘲笑；回到家中，父母也无法理解他的行为，只看到他糟糕的学业表现。美术老师尼克出现了，他敏锐地察觉到伊桑的与众不同，用耐心和爱为伊桑打开了一扇通往自信与自我认知的大门。

故事似乎很简单，阿米尔·汗却赋予其全新的讲述方式，从8岁男孩伊桑的视角展开，以电影特效语言，生动地展现了伊桑的内心世界——课堂上，当老师在黑板上书写时，伊桑眼中的字母和数字如同调皮的小精灵，肆意舞动、变幻，让他根本无法集中精力去识别；写作业，对他来说更是一场噩梦，那些看似简单的文字，在他笔下变得歪歪扭扭，不停乱转，怎么也写不好；生活中，他对周围的一切充满好奇，随风飘落的树叶，积水中的倒影，都能吸引他注视良久，完全沉浸在自己幻想的世界里。这些细节刻画不仅让观众真切感受到伊桑的困境，也引发了我们对特殊儿童内心世界的关注与思考。

伊桑，这个患有先天性阅读障碍的孩子，就像一颗暂时蒙尘的星星，逐渐失去了光。他在学习的世界里困难重重，作业本上满是红叉，整个生活充斥着老师的斥责、同学的嘲笑、家人的误解，似乎没有人在意他的感受。这也映照着当前的教育环境，太多孩子被单一的标准衡量，分数成为评判孩子的唯一尺度，人们却忽略了每个孩子都有着自己的天赋和节奏。

影片中尼克老师的出现，改变了伊桑的命运。阿米尔·汗饰演的这个角色，如同爱的化身，用行动诠释了教育的真正意义。他没有因为伊桑的学习成绩差而放弃他，而是通过细心观察，发现了伊桑在绘画方面的天赋，并给予他充分的鼓励和支持。他组织绘画比赛，让伊桑在众人面前展示自己的才华，重新找回了自信。尼克老师的教育方式告诉我们，教育不仅仅要传授知识，更要点燃学生内心的火焰。

与此同时，影片也让我们认识到家庭教育的重要性。伊桑最初的孤独和迷茫，很大程度上源于父母对他的不理解。父母只看到他的学习问题，却忽略了他内心的情感需求。直到后来，在尼克老师的引导下，他们才逐渐走进伊桑的世界。这启示我们，家长要学会倾听孩子的声音，关注他们的内心世界，用理解和爱包容孩子，陪伴孩子的成长。

这部充满爱的电影，其诞生同样凝聚着创作者们满满的爱与关怀。阿米尔·汗在筹备阶段，便深入研究了阅读障碍儿童的生活和心理状态，与相关专家交流，力求真实地展现伊桑所面临的困境。为了找到合适的小演员来诠释伊桑这个角色，剧组进行了广泛的筛选，最终小演员达席尔·萨法瑞凭借其自然纯真的表演脱颖而出，将伊桑的灵动、迷茫与倔强演绎得淋漓尽致。

在拍摄过程中，剧组工作人员也付出了诸多努力。为了营造出伊桑眼中那个奇幻的世界，特效团队精心设计了字母和数字的变形效果，让观众能够直观地感受到阅读障碍给伊桑带来的困扰。同时，阿米尔·汗作为导演和主演，非常注重与演员之间的沟通和情感交流。他耐心地引导小演员理解角色的内心情绪，使得每一场戏都充满了真情实感。这种对细节的执着追求和对电影艺术的敬畏之心，为影片的成功奠定了坚实的基础。

其实，在影史上，不乏关注特殊儿童成长和教育的作品，我所看过的如《叫我第一名》《自闭历程》等影片，都从不同角度展现了特殊儿童在面对生活挑战时的坚韧与勇气，以及周围人给予他们的支持与帮助。

《叫我第一名》侧重于主人公波波（原型为著名演说家、作家布拉德·科恩）在面对妥瑞氏症时的励志奋斗历程，强调他如何克服困难实现自己的教师梦想。与它相比，《地球上的星星》在情感表达上更加细腻丰富，通过深入挖掘伊桑的内心世界，展现他在家庭、学校中的种种遭遇，引发观众对教育方式和家庭关爱的深刻反思。在叙事手法上，《地球上的星星》采用了更具童趣的视角，让观众更容易产生共鸣。

《自闭历程》则主要围绕患有孤独症的美国动物科学家、畜牧学博士天宝·葛兰汀的个人成长经历展开，深入探讨了孤独症患者独特的思维方式和内心世界。与之相比，《地球上的星星》在表现特殊儿童与外界的互动上更为生动，它不仅展现了伊桑的内心世界，还着重刻画了尼克老师、伊桑的父母以及同学们与他之间的情感交流和关系变化。影片通过这些人物之间的互动，传达了爱与理解能够打破隔阂、拯救心灵的主题，使故事更加贴近生活，富有感染力。

然而，《地球上的星星》也并非完美无缺。在剧情发展上，部分情节略显理想化。例如，尼克老师的出现几乎是伊桑命运的转折点，他迅速地发现了伊桑的问题并成功帮助他走出困境，这个过程相对顺利。在现实生活中，特殊儿童的成长往往需要经历更加漫长而艰难的过程，影片在这方面的刻画略显不足。此外，对于伊桑父母在认识到孩子问题后的转变过程，影片处理得也较为仓促，没有深入展现他们内心的挣扎与反思，使得人物形象不够丰满。

尽管存在一些小瑕疵，但《地球上的星星》无疑是一部具有深刻启示意义的电影。它上映后，在印度本土和国际上都引发强烈反响。在印度，它促使社会重新审视教育体系对待特殊儿童的态度，许多学校开始关注学生的个体差异，推动教育方式的反思与变革。国际上，影片凭借相通的情感主题和精彩的内容呈现，斩获多个国际电影节奖项，成为印度电影走向世界的亮眼名片，让全球观众感受到印度电影独特的人文关怀与艺术魅力。

不得不说，这部影片的意义深远。在教育层面，它是对传统单一教育模式的有力批判，提醒教育者应尊重每个孩子的独特性，因材施教，用爱与耐心挖掘孩子的潜力，而非仅以成绩衡量。在社会层面，它唤起大众对特殊儿童群体的关注与关爱，打破误解与偏见，倡导多元包容的社会环境。在情感层面，它让观众感受到人与人之间纯粹的爱与理解所蕴含的强大力量，无论是师生情还是亲情，情感的传递能够拯救一颗失落的心灵，成为照亮人生的希望之光。

《地球上的星星》就像一面镜子，映照出人类教育体系和社会观念中存在的问题，也为我们指明了方向。它让我们相信，只要我们用心去发现、用爱去浇灌，每一个孩子都能在属于自己的天空中熠熠生辉。在这个快节奏、功利化的时代，这部电影也如一股清泉，滋润着我们的心灵，让我们重新审视教育与爱的本质，为每一个孤独灵魂的成长点亮希望之光。

我想，爱孩子，不是把我们认为对的东西强加给他们，而是真正走进他们的内心世界，理解他们的恐惧与渴望。每个孩子都是地球上的星星，他们散发着独特的光芒，只是有时被乌云遮蔽。我们能做的，就是用爱和耐心，去吹散这些乌云，让星星重新闪耀。

看完这部电影很久了，一直有一个疑问，不知道阿米尔·汗在片中讲的那个故事是否是真的——“在所罗门群岛，原住民要砍伐树木的时候，不会直接把树砍倒，而是聚集在树木周围，大声咒骂，过上几天，那棵树就会枯死，它自己会孤独死掉。”或许这只是个故事，却让人深思：如同树一样，孩子们的内心是脆弱的，如果总是被批评、被否定，他们心中的光也会逐渐熄灭，只有温暖的语言和鼓励的行动，才能让生命真正焕发生机。

电影的结局是个幸福的结局。我挂着笑站在窗边，抬头仰望时，突然发现冬夜里的星星很亮很亮。

纪录片《海洋》：探寻蓝色星球的灵魂

2022年4月21日，巴黎，这座浪漫之都弥漫着一丝哀伤。阳光透过树叶的缝隙，洒在街道上，却驱不散人们心中的阴霾。法国电影界传奇人物、著名演员、导演雅克·贝汉在位于巴黎的家中，平静地告别了这个世界，享年80岁。当我在网络上得知这一消息的时候，和世界上很多他的影迷一样，陷入悲痛中，同时开始怀着憧憬之心重温他的经典作品，《海洋》就是其中一部。

一个演员，如果一生能拥有一部享誉世界的代表作，已经很不得了，但雅克·贝汉却同时拥有《天堂电影院》《放牛班的春天》等多部跻身世界影史前100的作品；一个导演，如果一生能拍出一部让世界影迷印象深刻的代表作，也已非常厉害，但他却接连拍出《迁徙的鸟》《海洋》《地球四季》《喜马拉雅》《微观世界》

等多部世界纪录片史上最伟大的作品。

雅克·贝汉的电影生涯，堪称一部波澜壮阔的传奇作品。他1941年7月出生于巴黎一个艺术氛围浓厚的家庭，自幼便与电影结缘，5岁客串电影出道，从此踏上艺术之路。1960年，他凭借出演《手提箱女郎》在影坛崭露头角，此后出演了众多经典作品，并凭借《半个男人》荣获威尼斯电影节最佳男演员奖。1988年，他在《天堂电影院》中饰演成年多多一角，电影和角色都成为影史上的经典；后来他还在《放牛班的春天》里客串了老年指挥家皮艾尔，因此被无数观众熟知和喜爱。

然而，雅克·贝汉并不满足于仅在演艺领域发光发热，在演员事业如日中天时，他毅然转身走向幕后，成为一名制片人。1968年，他制作的电影《Z》斩获奥斯卡金像奖最佳外语片奖、戛纳国际电影节评委会奖等诸多殊荣，制片才华尽显。之后，他又制作了一系列优秀影片，都取得了巨大成功。他对电影艺术的追求从未停止，很快又将目光投向纪录片领域。他执导的系列生态纪录电影，以其独特的视角、精美的画面和深刻的内涵，在世界范围内引起了轰动。而《海洋》这部荣登影史Top300的杰作，无疑是纪录片领域中一颗耀眼夺目的明珠。

在光影宇宙里，纪录片宛如一座独特的宝藏，以真实为基石，以镜头为笔触，为我们呈现出那些或近在咫尺却被忽视，或远在天边难以触及的真实景象。第一次看《海洋》，就如同被一股神秘的力量牵引，一头扎进那片广袤无垠的、占地球面积四分之三的“蓝色领土”，开启了一场震撼心灵、无与伦比的探索之旅。

《海洋》是一部以环保为主题的，令人心旷神怡、叹为观止的生态学纪录片。它于2010年在全球首映，2011年8月12日在中国上映。该片聚焦生活在海洋里的动物们，讲述了这些生命群体物竞天择、弱肉强食的生存状态，同时展示了动物们和谐相处的美好一面。

电影全程采用自然拍摄手法，没有人为干预，只是通过记录来呈现内容。拍摄团队为了捕捉到每一帧镜头，在世界各地奔波，只为给观众呈现那些精彩纷呈的海洋瞬间。与以往的自然纪录片不同，《海洋》并非大自然百科全书式的科普片，而是用电影手法分享大自然的美，捕捉转瞬即逝的海洋奇迹。令人惊喜的是，影片播放到60多分钟时，雅克·贝汉还有一次小小的出镜，这是我第一次看片时，最意外的收获。

值得一提的是，《海洋》中文版选择了姜文来配音，这真是神来之笔！姜文那极具辨识度的磁性嗓音，低沉、醇厚且富有力量，为影片注入了别样的魅力。在纪录片开篇，姜文的声音伴随着小男孩对大海的疑问“什么是海洋”响起，瞬间将观众带入广袤无垠的海洋世界。

镜头缓缓推进，海平面在日光的轻抚下波光粼粼，仿佛一片无垠的蓝色绸缎。随着镜头的深入，阳光穿透澄澈的海水，在海底投下一道道斑驳陆离的光影，宛如梦幻的舞台灯光，照亮了这个神秘的水下王国。五彩斑斓的珊瑚礁如同海底的梦幻城堡，形态各异的鱼儿在其间悠然穿梭，它们的鳞片闪烁着迷人的光泽，仿佛是一群灵动的精灵。紧接着，画面一转，成群结队的沙丁鱼汇聚成庞大的银色漩涡，在海流中飞速涌动，那壮观的场面让人不禁感叹生命的奇妙与伟大。而当座头鲸那庞大的身躯在波涛中优雅地跃出水面，激起千层巨浪，随后又缓缓沉入海底，只留下一圈圈荡漾的涟漪时，那种震撼人心的视觉冲击，让每一位观众都不由自主地屏住了呼吸。

片中穿插着姜文的讲述，仿佛不是简单的旁白，而是与海洋展开的一场对话。比如在描述海洋生物的生存状态时，他语调时而激昂，表现出海洋生物在大自然中顽强生存的力量；时而舒缓，展现出海洋静谧美好的一面。在展现鲨鱼捕猎场景时，姜文用充满张力的声音，配合紧张的音乐和画面，把鲨鱼的凶猛和海洋食物链的残酷清晰地传递给观众；而在讲述海豚在海水中嬉戏的画面时，他的声音又变得温和轻快，让观众感受到海豚的灵动和海洋的生机……

这些令人叹为观止的画面背后，是制作团队难以想象的艰辛付出。为了捕捉到海洋中最真实、最震撼的瞬间，这部纪录片的拍摄耗时 5 年之久。导演雅克 · 贝汉带领着一支 400 多人的专业团队，如同勇敢的航海家，动用12个摄制组、70艘船只，跨越千山万水，在全球50个拍摄点进行取景拍摄。在这个过程中，他们遭遇了无数的困难和挑战，无论是狂风巨浪的侵袭，还是长时间海上漂泊的孤独与疲惫，都没有阻挡他们探索海洋的脚步。

正是凭借着这份对纪录片事业的执着与热爱，他们成功地将超过 100 个物种的精彩瞬间收录进电影画面之中，为我们呈现出一个丰富多彩、生机勃勃的海洋世界。这部影片耗资高达7500万美元，如此巨大的投入，只为给观众带来顶级的视觉享受，让我们对海洋的认知不再仅仅停留在书本上和想象之中。

不过，《海洋》这部纪录片，不仅仅是一场极致的视觉盛宴，更是一次深刻的环保启示。在影片中，我们看到了海洋生物自由自在的美好生活。海狮们在沙滩上慵懒地晒太阳，时不时互相嬉戏打闹；海豚们在海水中欢快地跳跃，它们身姿矫健优美，仿佛在与大海共舞；还有那些神秘的章鱼，它们在海底的礁石间巧妙地伪装自己，捕食猎物，展现出大自然赋予它们的独特生存智慧。这些画面充满了生机与活力，让我们感受到海洋作为地球上生命摇篮的无限魅力。

然而，影片并没有仅仅停留在对海洋美好一面的展现上，它也毫不避讳地揭示了人类对海洋造成的严重伤害。镜头中，我们看到海龟被塑料垃圾缠绕，它们拼命挣扎，却难以摆脱这无形的枷锁，眼神中充满了无助与绝望；因鱼翅贸易鲨鱼惨遭捕杀，它们的身体被残忍地割去鱼翅后，又被抛入大海，在痛苦中慢慢死去，鲜红的血液在海水中蔓延，刺痛着每一位观众的心。还有那漂浮在海面上的大量垃圾，它们如同一片片丑陋的补丁，破坏了海洋原本的美丽与纯净。这些画面如同一记记沉重的警钟，敲打着我们的内心，让我们深刻地认识到，人类的贪婪和无知正在对海洋生态系统造成毁灭性的打击。

雅克·贝汉的作品，无论是剧情片还是纪录片，都充满了对生命的尊重和对自然的敬畏。他用镜头捕捉到了生活中那些细微而又易逝的瞬间，让观众感受到了人性的温暖和自然的魅力。他的电影不仅给人艺术的享受，更是对人类社会和自然环境的深刻思考。他曾说："我希望通过我的电影，让人们看到世界的真实面貌，让大家更加珍惜生命，保护我们的地球。"

毫无疑问，《海洋》便是对自然的敬畏，对生命的礼赞，也是对人类的警醒。它用震撼人心的视觉画面、深刻动人的环保主题以及制作团队的不懈努力，为我们呈现了一个丰富多彩、充满魅力的海洋世界，同时也让我们深刻认识到保护海洋的重要性和紧迫性。它将在电影史上留下浓墨重彩的一笔，持续影响一代又一代的观众，让我们始终保持对自然的热爱和敬畏之心，用实际行动守护我们美丽的地球家园。

最后，我把片中一段曾震撼我的台词送给大家："我是海洋，我是水，我覆盖了大部分地球，我创造了它。每一条河，每一朵云，每一滴雨，都将回到我的怀抱。地球上所有的生物都离不开我，所有的生命都来自我。那么人类呢？你们也不例外。我什么都不欠你们，我一直在付出，而你们一直在获取。从来如此，但是我也能随时将一切收回。毕竟这不是你们的星球，以前不是，以后也不是!"

童幻星河

——童话动画类——

《长安三万里》：赴约“大唐诗会”，见证“国漫”崛起

真是像诗一样动人的作品！当灯光渐暗，大银幕亮起，我仿佛穿越时空，赴了一场千年之约，沉浸在那充满诗意与豪情的“大唐诗会”之中，感受着“国漫”（指中国动漫电影，下同）带来的前所未有的魅力。

观影那天的情景，仍历历在目。当影片推进到后半段时，影院里安静得出奇。坐在一旁的儿子，原本还带着些许兴奋的脸庞，不知何时已变得神情凝重，不经意间，我瞥见他悄悄地抹着眼泪。我不动声色地环顾四周，发现周围的孩子们几乎都陷入同一种情绪中。我知道，他们被这部“国漫”震撼了；我知道，《长安三万里》成了！而我自己，感受同样强烈，失控的泪水流下的同时，

那种强烈的民族自豪感油然而生，胸中有句话难以抑制地喷涌而出："国漫"真正的里程碑式作品出现了！

作为一个"00后"少年的家长，我深知这一代孩子成长的文化环境，受"日漫"（日本动画和日本漫画的合称，下同）影响深远，平时看的动画是"日漫"，参观的动漫展览也是"日漫"，连微信表情包也多是"日漫"人物……我理解孩子，他们正处在渴望探索多元文化的年纪。"日漫"独特的故事风格、精美的画面和丰富的想象力，确实有着强大的吸引力。我也正视我们与"日漫"、美国动漫在故事构建、动漫水准、宣传手法上的差距，那些成熟的动漫产业，创作出许多风靡全球的作品。与此同时，我便常为"国漫"的处境捏把汗。

其实，"'国漫'崛起"的口号已经喊了很多年，近年来也涌现出不少优秀作品，如《大鱼海棠》凭借奇幻的内容设定和精美的国风画面，吸引了众多观众的目光；《西游记之大圣归来》唤醒了人们心中对传统神话英雄的热爱；《白蛇：缘起》则以浪漫的爱情故事和惊艳的视觉效果，收获了良好的口碑；还有几部"哪吒"，也都引发了广泛的关注。这些作品在一定程度上提升了"国漫"的影响力，让更多人看到了"国漫"的潜力。

然而，“国漫”的核心究竟是什么呢？仅仅是讲述中国故事，展现中国动画风格就足够了吗？不，“国漫”的核心应该是全方位体现中国审美和价值观，从故事内核到表现形式，都深植于中华优秀传统文化的土壤。

回顾之前的“国漫”，许多作品让人们觉得好的部分，基本还停留在炫酷的视觉效果处理上，缺乏深刻的内涵和独特的价值观支撑。即使如《哪吒之魔童降世》那样有着强力价值观输出的影片，仔细想来，那句“我命由我不由天”是专属于中国的价值观吗？并不是。并不是。而《长安三万里》则截然不同，它拥有了一颗纯粹的“中国心”——无论诗词，无论人物，无论动漫风格，无论价值观。

《长安三万里》是由追光动画制作，谢君伟、邹靖执导的历史动画电影。影片的时代背景设定在安史之乱后数年，吐蕃大军入侵西南边境，剑南西川节度使高适抵抗不力，曾经繁华无比的长安也岌岌可危，仿佛风中残烛。困守孤城的高适，在这危急时刻，向监军程公公回忆起自己与李白的过往。这段回忆，如同一把钥匙，打开了通往大唐盛世的大门。

电影以李白和高适两位大诗人波澜壮阔的生平经历，以及彼此之间的深厚情谊为剧情脉络，展开了一幅气势恢宏的历史画卷。除了两位主人公外，众多耳熟能详的著名诗人、艺术家及爱国将领，如杜甫、王维、张旭、郭子仪等，也依次登场。他们或是在诗酒唱和中抒发豪情，或是在战场厮杀中保家卫国，共同勾勒出一幅充满史诗感的大唐群像画卷。

灯火盈门、热闹非凡的市井里巷，人们在酒肆中畅饮，吟诗作画，欢声笑语回荡在街头巷尾；长风浩荡、广袤无垠的辽阔原野，骏马奔腾，黄沙漫天，展现出大唐的雄浑气魄。大唐开元盛世的璀璨景象就这样扑面而来，让人仿佛身临其境。

要想看懂这部影片，当然首先要了解长安这座城。长安作为中国的政治、经济、文化中心长达千余年，先后有21个王朝和政权建都于此，是当之无愧的古都。唐初期，长安城规模宏大，面积是如今西安城墙内面积的9.7倍，是古代罗马城的7倍。到了盛唐，这里更是成为当时规模最大、最为繁华的国际都市，闪耀东方。

在片中，“长安”不仅仅是一座城市，更代表着高适、李白等人心中的理想之地，是他们政治理想和抱负的象征。而“三万里”这个片名，也并非仅仅取自明代陈子龙《从军行》中的“梦到长安三万里，海风吹断碛西头”这么简单，它还隐藏着更深的意义，那就是这群人与理想之间“遥远”的距离——

李白一生渴望得到朝廷的重用，施展自己的政治抱负，却命运坎坷，多次遭遇挫折；高适虽最终建立了一番功业，但一生也是充满了波折，从默默无闻到声名远扬，经历了无数的艰难困苦。他们与长安之间的距离，不仅仅是地理上的距离，更是理想与现实之间的差距，这种差距让他们的人生充满了无奈与感慨。

除了充满诗意、深意的片名，影片在人物塑造和唐诗的融合上也用尽心思。

影片成功塑造了立体丰满的诗人群像，每一个人物都有着鲜明的个性和独特的魅力。李白，豪放洒脱，才华横溢，犹如天上的星辰，闪耀着不羁的光芒。在影片中，他饮酒赋诗，挥毫泼墨，那份豪情，让人折服；但同时，他也有着怀才不遇的苦闷和对人生的迷茫，那份落寞与无奈，让人感同身受。高适，与李白性格截然不同，沉稳内敛，勤奋刻苦，虽没有李白那样的绝世才华，但凭借着自己的努力和坚持，一步步实现了自己的理想。他的人生经历告诉我们，只要有坚定的信念和不懈的努力，平凡人也能创造出不平凡的人生。

影片有机融合了48首著名的唐诗，这些唐诗就像一颗颗珍珠，镶嵌在影片的故事中，让整部作品充满了浓郁的文化气息。当细致的考据和天马行空的想象结合，当最先进的数字技术融于国风的水墨意韵中，我们熟知的那些唐诗名篇，顷刻间转化为前所未有的视觉盛宴。

印象极深的就是《将进酒》那一段，当李白和朋友们在黄河之畔饮酒作乐时，诗兴大发，吟诵起《将进酒》，画面瞬间变得瑰丽至极。在奇幻的光影中，他们仿佛穿越时空，与仙人同游，驾着仙鹤，畅游于银河之间。那磅礴的气势、绚丽的画面，将诗中的豪情壮志展现得淋漓尽致。看着那如梦如幻的场景，我顿时对中华文化充满了自豪感，泪水不觉汩汩而出。

当然，读过历史的观众也清楚地看到，影片中的一些故事和人物是经过艺术加工的，并非史实。比如高适和李白相识的时间地点，影片中李白和高适是青年相识，且一生7次相遇、别离。但据史料记载，43岁的李白、32岁的杜甫是在云游时与40岁的高适相识，妥妥的中年相识，且并没有相遇那么多次。

电影中还有青年高适与少年杜甫在长安相遇的片段，实际上杜甫在35岁之前都没有去过长安。这些艺术加工，虽与史实有些出入，却为影片增添了更多的戏剧性和观赏性。它们以一种独特的方式，让观众更深入地理解了这些诗人之间的情感联系，以及他们所处时代的社会风貌。

片中还涉及一条暗线，就是李白与高适一生的三次相扑，象征了李白和高适不同的人生境遇。第一次相扑，青年时期的李白和高适都充满了朝气和斗志，他们在相扑中展现出自己的力量和勇气，对未来充满了无限的期待；第二次相扑，李白和高适在人生道路上都经历了一些挫折，他们在相扑中既有对过去的回忆，也有对未来的迷茫；第三次相扑，在影片结尾，老年高适大杀吐蕃大军，亦在相扑的情境里。此时的高适已经功成名就，却多了几分沧桑和凝重。这三次相扑，不仅串联起了李白和高适的一生，也让人感受到了命运的起伏和人生的无常，令人唏嘘。

这部时长168分钟的电影，是中国影史上时长最长的动画电影，据说追光动画整整打磨了十年。十年磨一剑，他们深入研究史料，力求还原大唐盛世的每一个细节；他们精心雕琢每个角色，让人物栩栩如生；他们反复打磨每帧画面，使其兼具艺术美感和历史质感。这里不仅有高适、李白、杜甫、王维、王昌龄、贺知章、岑参、崔颢等诗人前后交错的生命轨迹、口碑载道的名诗名篇，也有繁华长安、软语扬州、孤烟塞北的大唐气象，更有你我品味过人间世事后的真实人生！

记得那天从影院出来时，天色已暗，华灯初上，城市的夜晚热闹非凡。我脸上还留着泪痕，心情久久无法平静，依旧沉浸在“长安呐，只要诗在、书在，长安就会在”的余韵里走不出来……那是一种比视觉震撼更复杂的感情，有对李白一生“天生我材必有用”却无力施展的理解，有对高适“天下谁人不识君”低开高走一生功业的折服，更有对中华五千年灿烂文明凝聚成诗的骄傲。

晚餐是在影院旁一个中餐厅吃的，屋外车水马龙，屋内灯火可亲。我和儿子旁若无人地讨论着这部影片，回忆着影片中的每一个精彩瞬间，深情处仍会流泪。他说了很多自己对“日漫”与“国漫”的分析，其中一句我印象最深：“《长安三万里》，让人看到‘国漫’真的崛起了！”

与哪吒共成长，做命运的主宰者

1979年的某个夏夜，上海美术电影制片厂的胶片在放映机上转动，我蜷缩在母亲怀里发出第一声啼哭。很巧合，在我来到这个世界的同年，经典动画电影《哪吒闹海》横空出世。当银幕上的哪吒用剑锋割开血肉时，襁褓中的我尚不知晓，这个与自己同龄的动画人物，将成为贯穿我生命的文化密码。或许，这就是命运安排的奇妙缘分。

初看《哪吒闹海》，记不清是几岁，只记得一下子就入了迷，爸爸为此还给我买来成套的《哪吒闹海》小人书。我总是央求他一遍一遍给我讲书中的故事，怎么也听不够。那时的我，被哪吒的勇敢无畏深深吸引。他不畏强权，敢于与东海龙王抗争；他善良正义，为救百姓不惜牺牲自己的生命。哪吒自刎的场景，无数次让我泪水涟涟。那个穿着红肚兜、扎着丸子头的神话英雄形象，如同烙印一般，刻在了我童年的记忆深处。随着年龄的增长，哪吒的故事在我心中不断发酵。我开始明白，他不仅仅是一个神话人物，更是一种精神的象征，代表着正义必将战胜邪恶，勇气和信念可战胜一切困难。

时光流转，2019 年，当我步入不惑之年时，《哪吒之魔童降世》（以下简称《哪吒 1》）带着全新的视角和震撼的视效出现在大银幕上。由于太乙真人与申公豹争夺混元珠失败，混元珠被炼化分成灵珠和魔丸，魔丸投胎到哪吒身上。这一次的哪吒，不再是完美的小英雄，而是一个“生而为魔”的叛逆少年，承受着陈塘关百姓的恐惧与排斥。他用玩世不恭来掩盖内心对认可的渴望，在命运的泥沼中孤独地挣扎，内心极度渴望着爱与认同。“我命由我不由天”的呐喊，仿佛是他对命运不公的挑战。

这是一版颠覆人们印象的哪吒，烟熏妆、宽牙缝、吊儿郎当、一副痞相。当他缩在陈塘关城墙根下踢着毽子时，结界泛起的金光笼罩着他，毽子每次撞上屏障都会炸开细碎的火星。这个被乾坤圈勒出红痕的叛逆期少年，似乎满身是刺，眼底却藏着被孤立的委屈。最惨的是，他在生日宴上遭遇“社会性死亡”，当全城百姓跪地高呼“恭送魔丸归天”时，这个总把“小爷”挂在嘴边的少年第一次红了眼眶。

最动人的细节藏在殷夫人的铠甲里。这个会陪儿子踢毽子的母亲，战甲内衬竟绣着哪吒的周岁小像。当她策马冲向夜叉时，镜头扫过铠甲缝隙里飘出的红线，观众仿佛恍然看见千万个中国母亲的缩影：嘴上骂你沉迷游戏，转身却在家长群里为你据理力争。而李靖在云端偷偷调换的换命符，又让多少子女想起火车站台上，父亲悄悄扭过的脸……谁敢说，看到这里，能不为之动容？身为人母的我已是泪眼婆娑。

导演饺子很厉害，用三组特写镜头记录了哪吒的成长：被母亲铠甲硌疼的脸颊（亲情羁绊），与敖丙在海边踢毽子时溅起的浪花（友谊萌芽），还有最后扛起冰山时暴起的肌肉线条（责任觉醒）。最终，天劫来临之际，哪吒得知父亲为他换命的打算后，出手保护父母，最终与敖丙消除误解，共同对抗天劫，再次成为英雄……那些骂他“妖怪”的群众不会知道，少年英雄的勋章都是被误解烫伤的疤。

其实，每个人都能从哪吒的成长中或多或少地看到自己的影子。我们都曾在生活中遭遇挫折和误解，都曾在迷茫中寻找自己的方向。哪吒的成长，让人明白，无论命运给予我们怎样的起点，我们都有书写属于自己精彩人生的使命。

6 年之后的 2025 年，《哪吒之魔童闹海》（以下简称《哪吒 2》）上映，又为哪吒的故事增添了新的篇章。这一部，哪吒的成长更为显著，他不再是那个单纯叛逆的少年。面对强大的天元鼎和玉虚宫捕妖队，明知力量悬殊，哪吒毅然迎难而上，肩负起保卫陈塘关百姓安全的重任，同时心系朋友情义，完成了从“魔”到“善”的转变。

哪吒的故事提醒着我们，自我认同非常重要。无论是“魔丸”转世的哪吒，还是“灵珠”化身的敖丙，都没有被命运所定义。他们用自己的行动，证明了自己的价值。从渴望被认可到主动守护他人，哪吒的成长之路，简直是一部充满勇气与担当的奋斗史！

其实，不仅是哪吒的成长，“国漫”的成长又何尝不是如此？

四十多年前，上海美术制片厂的画师们伏在案头，用毛笔在宣纸上勾勒出那个削骨还父的少年。当殷红的鲜血在素绢上洇开时，这个东方悲剧英雄的魂魄，便已在几代人的记忆里扎了根。四十多年后，哪吒踩着风火轮掠过数字银幕，票房计数器在云端冲破159亿闯入全球影史票房前五的瞬间，那株在时代风雨中飘摇的东方火莲，终于绽放出跨越千年的光芒。

《哪吒1》以惊艳的视觉效果和对传统神话的大胆改编，让观众看到了国产动画的技术实力与创新潜力。《哪吒2》在此基础上全面升级，无论是精致的画面细节，还是宏大震撼的场景，都达到了国产动画的新高度。从最初的探索尝试，到如今的精益求精，“国漫”在技术与艺术的道路上可谓大步前行。

可以说，《哪吒》系列始终在成长，但我们也始终清醒，它并非好到无与伦比，相反，它存在的问题仍旧很多，比如剧情逻辑上有瑕疵、故事深度还不够、角色塑造不均衡、文化融合生硬、创新能力不足、动画技术仍有待提高等，可谁也无法否认《哪吒》系列的巨大进步与成功！

尤其是这一回，《哪吒之魔童闹海》闹得动静着实有点大，不仅闹了海，还闹了整个世界影坛——从2025年大年初一上映，到正月十六，仅仅16天，它的票房就在单一市场（中国）突破百亿元，不仅成为中国影史票房的第一名，还带着“国漫”的希望不断冲击着世界影史。

犹记《哪吒2》破百亿那晚，微博热搜榜像被混天绫搅过一般，连央视都拿出两天时间直播本片破百亿的盛况，一面是主持人在直播间里哭得无法自持，一面是评论区欢呼成海。有人翻出1979版《哪吒闹海》的修复片段，弹幕上轻轻飘过“爷爷陪我看‘国漫’复兴”，多少人便已经沦陷……

1979年的哪吒，剑指东海，削肉剔骨的动作像玉器坠地般决绝。那个定格在胶片里的剪影，藏入集体主义时代的画框中。观众在水墨渲染的浪涛里看见的不仅是神话，更是一个民族在传统与现代夹缝中的艰难转身；2019年的哪吒，从一个被人唾弃的“魔童”，成长为一个受人敬仰的英雄，经历无数苦难。当哪吒踩着毛笔飞越《千里江山图》的卷轴，3D眼镜后的无数双眼睛突然湿润，从传统形象的简单呈现，到现代视角下的深度重塑，“国漫”崛起不再是空谈；2025年的哪吒，“闹”动世界，当特效团队用3000万个数字粒子织就的混天绫在虚空中划出一道道视觉盛宴，当敖丙的冰盾与哪吒的火莲在终战中相撞，巨幕（IMAX电影）上炸开的不仅是特效，更是一代国人文化输出的宣言。

从手绘动画到虚拟制片，从集体创作到AI辅助，“国漫”的崛起恰似哪吒的三重蜕变：莲花重塑的不只是肉身，更是讲故事的维度；风火轮承载的不只是速度，更是文化突围的势能；火尖枪刺破的不只是云霄，更是艺术与技术的壁垒。当我们在影院见证这个IP的一次次重生，也是在领略整个文化生态版本升级的惊艳。

从1979年到2025年，一朵火莲燃烧了46年，哪吒也陪我走过46年。所幸，我总能从这个陪伴者身上找到力量，尽情书写着我的命运交响，亦变幻多姿、宁静悠远！

热血长歌

——红色精神类——

《长津湖》：一部民族的精神史诗

时隔一周，再次走进影院看《长津湖》，是为了陪爸妈。印象里他们很少主动要求看电影，但这次是个例外。

1950年10月19日，中国人民志愿军雄赳赳、气昂昂跨过鸭绿江，开赴朝鲜战场，拉开了抗美援朝战争的序幕。当时，我的妈妈出生刚五个多月，爸爸还要一个多月之后才能来到人世间。他们这两个1950年生人，无形中成为一段完整历史的“见证者”，见证的就是电影中一位连指导员说的那句：“这仗我们不打，就是我们的下一代要打。我们出生入死，就是为了他们不再打仗。”正因为这句话，正因为那些人，我爸妈首先成为那些幸运的“他们”，在一个和平的国度、如愿的盛世，安稳幸福地生活了七十多年！

当我一周内把《长津湖》完完整整地看了两遍，当我两周后在2021年平遥国际电影展上，现场聆听导演之一徐克讲述《长津湖》创作故事，内心再也无法平静，终于理解了父母为何“反常”提出观影要求，也理解了《长津湖》在这个时代拍摄的意义。正如另一位导演陈凯歌所说：“这不是一部简单的战争片，而是一个民族的精神史诗。”这段历史，正是后世一代或者几代中国人安宁生活的起点，它不能被忘却！

其实，在华语影坛的长河中，“志愿军”从来不曾被忘记，很多同题材影视作品都熠熠生辉，它们从不同角度、以各异手法，展现了当年那段波澜壮阔的历史。《上甘岭》《英雄儿女》《铁血大动脉》等作品都是其中的明珠。

1956年上映的《上甘岭》作为新中国第一部抗美援朝题材影片，有着不可替代的开创意义。影片以上甘岭战役为背景，将志愿军战士在狭小坑道内顽强抵抗敌人狂轰滥炸的场景真实呈现。主题曲《我的祖国》旋律响起时，那激昂又饱含深情的歌声与战士们英勇战斗的画面相互交织，成为一代人心中永恒的记忆。

1964年的《英雄儿女》同样经典。这部作品没有局限于战争的宏大场面，而是通过王成、王芳兄妹的视角，将志愿军的英勇与军民之间的深厚情谊刻画得淋漓尽致。王成那句“为了胜利，向我开炮！”喊出了志愿军战士舍生忘死的无畏精神，成为影史经典台词。影片将个体命运与战争全局紧密相连，进一步丰富了志愿军形象的塑造维度。

1998年的《铁血大动脉》则另辟蹊径，把镜头对准了志愿军后勤部队，生动展现了志愿军在极端恶劣条件下，为保障运输线与敌人斗智斗勇的艰苦历程。它拓宽了志愿军题材的表现领域，让观众认识到战争胜利是全方位努力的结果。

而2021年上映的这部《长津湖》则是“站在巨人肩膀上的”突破与升华。在制作规模上，它堪称史诗级巨制，运用先进的电影特效和拍摄技术，将长津湖战役的宏大场面和激烈战斗栩栩如生地呈现在观众眼前，给人以强烈的视觉冲击；叙事上，采用多线叙事法，通过伍千里、伍万里等多个角色的成长轨迹，既展现了志愿军个体的情感世界与成长历程，又宏观地描绘了整个战役的战略布局与发展脉络，使故事更加丰富立体。

初次观看《长津湖》，是在一个安静的午后，我独自走进影院。灯光渐暗，大银幕亮起，随着影片开场，我仿佛被一股无形的力量卷入了1950年的那个寒冬。影片伊始，便是伍千里怀抱兄长伍百里骨灰归乡的场景。平静的江南水乡，伍家兄弟间质朴的情感，与即将到来的战争形成了鲜明的反差。那潺潺的流水、宁静的村庄，还有邻里间亲切的问候，都在诉说着和平生活的珍贵，也让我愈发能体会到志愿军战士们为了守护这份安宁，毅然奔赴战场的伟大。

镜头一转，急马送信，伍千里还没开始的假期被紧急叫停，就这样，弟弟伍万里跟着哥哥回归部队，且成为志愿军战士奔赴朝鲜战场。火车开始疾驰，在乡间散漫惯了的伍万里满眼挑衅与不服，直言要掉头回去。火车车窗被突然打开，那扑面而来的壮美山河，连绵的雪山，广袤的长城，彻底震撼了他和战士们。这祖国的大好河山，怎容外敌侵犯？保卫家园是心灵的选择。这一幕，没有过多的台词，却有着千钧的力量。

当美军飞机来袭时，火车被迫紧急停靠，战士们迅速隐蔽。伍万里第一次直面战争的残酷，炸弹轰鸣、火光闪烁之间，他眼中的恐惧与迷茫被刻画得淋漓尽致。在这场空袭中，雷公为了保护战友，将标识弹转移，自己却被美军疯狂扫射。他在剧痛中嘶喊着“别把我一个人留在这儿”，那声音穿透了影院的每一个角落，也深深刺痛了我的心。这是战争的无情，也是英雄的无畏。

战场上，志愿军战士们身着单薄的棉衣，在零下三四十摄氏度的极寒天气中作战。他们的脸被冻得通红，手脚也因冻伤而变得僵硬，可即便如此，他们的眼神中却始终透着坚定与不屈。在一次战斗间隙，伍万里和战友们躲在战壕里，拿出冻得像石头一样的土豆，用身体的温度去焐化它，那艰难啃咬土豆的画面，让我不禁眼眶湿润。这小小的土豆，是他们在战场上为数不多的口粮，与美军丰富的物资有着天壤之别。然而，就是在这样艰苦的条件下，志愿军战士们凭借着顽强的意志和无畏的勇气，与装备精良的美军展开了殊死搏斗。

影片中令我今生难忘的就是“冰雕连”的场景。那是志愿军战士们在追击美军时，为了不暴露目标，在冰天雪地中潜伏而成。他们趴在阵地上，身上覆盖着厚厚的积雪，一个个化作“冰雕”。当美军发现他们时，被眼前的景象彻底震撼。129 名战士保持着战斗姿态，永远凝固在了阵地上。他们的面容安详，仿佛只是暂时沉睡。徐克导演说："这个场景我们反复推敲，既要表现战士们的英勇，又要避免过度渲染悲壮。"但即使不渲染，我的眼泪始终已狂泻不止，后来我看到父母在看到这里时同样热泪滚滚。

这可不只是电影中的一个画面，是历史上真实发生过的一幕。这些年轻的生命，在冰雪中绽放出最耀眼的光芒。他们不是冰冷的数字，而是一个个鲜活的生命。有的战士口袋里揣着未寄出的家书，有的怀里还藏着心爱姑娘的照片……这些细节让历史变得有温度，让英雄变得可亲可近。正是这些平凡人的不平凡选择，铸就了历史的丰碑。

正因为几次重温《长津湖》，我在《长津湖》中还发现了一个著名编剧兰小龙隐藏的执念——钢七连的故事再次出现。不用多介绍，他任编剧的电视剧《士兵突击》太出名了，而这部电影堪称是剧中钢七连的前传，这也为他的"钢七连宇宙"补上了关键的一角。

钢七连这个承载着厚重历史与精神的集体，是兰小龙创作生涯中浓墨重彩的一笔，钢七连出现在他的多部作品里。早在2006年，《士兵突击》中的钢七连，就已成为作品的灵魂，剧里曾提到，抗美援朝时钢七连几乎全连阵亡，险些被取消番号。在《士兵突击》里，钢七连的口号“不抛弃、不放弃”曾感染亿万中国观众。这不仅是一句简单的话语，更是一种深入骨髓的团队精神和对战友生死与共的承诺。而电影里的第七穿插连，正是几十年后许三多所在钢七连的前身。

《长津湖》里第七穿插连在长津湖战役中的悲壮经历，是残酷战争震撼人心的具象展示。观众看到了七连战士们如何在尸山血海中爬起来，掩埋好战友的遗体，包扎好自己的伤口，又义无反顾地投入战斗……最终，钢七连157个朝气蓬勃、满怀热忱的鲜活生命，仅剩伍万里一人！这巨大的落差，就是战争残酷最直白的写照。

总有人问，为什么现在还要拍《长津湖》这样的作品？拍给谁看？难道那群秉承“不抛弃、不放弃”信念的年轻人为我们守护的江山，不值得我们所有人去珍惜吗？他们的故事不值得我们新一代年轻人去记住吗？那一个个消逝的身影，化作了历史长河中永不磨灭的星辰，照亮了我们对英雄主义的认知，也让我们理解了和平的来之不易。

在平遥，也有人问徐克导演，《长津湖》究竟要呈现什么？对普通人的意义是什么？他思考了一下说："我们想展现的，是人在极端环境下的选择与坚守。"回忆起当时的拍摄经过，徐克感慨万千，《长津湖》从冰天雪地一直拍到春暖花开，重重压力之下，拍摄过程异常艰难。长白山突降大雪，景区已关闭，71岁高龄的他却和演员们在大雪中实景拍摄。主演们为了诠释好角色，不仅进行了高强度的军事训练，还深入研究了角色的内心世界。正是因为演职人员这种全身心的投入，才有了感动无数人的《长津湖》。

在平遥的星空下，我回味着导演的话语，感受着电影带来的震撼，情绪久久难平。《长津湖》不仅是一部战争史诗，更是一个民族的精神丰碑。它让我们明白，历史不是冰冷的过去，而是照亮未来的明灯。那些在冰雪中永生的英魂，将永远守护着这片他们用生命捍卫的土地。它同时告诉我们，英雄不是遥不可及的神话，而是书写不平凡故事的平凡人。英雄的这种精神，将永远激励着我们前行！

走近秦怡，
感受一代人的《青春之歌》

在上海电影博物馆的光影长廊里，有一个画面长久定格在我的脑海中，那是秦怡在《青春之歌》里饰演的林红在刑场诀别的镜头。1959 年，北京电影制片厂的摄影棚里，当 37 岁的秦怡穿上那件沾血的囚服时，她或许也没想到这个仅有 17 分钟戏份的角色会成为中国银幕史上最令人心颤的革命者形象之一，这段刑场戏会成为中国电影史上最具感染力的画面之一。面对这个画面，我久久伫立，不禁想起 2005 年，中国电影百年纪念活动中，我首次采访秦怡老师时聊起《青春之歌》的情景……

何其有幸，在被授予“人民艺术家”国家荣誉称号的大师中，我竟然近距离接触、深度采访过其中的王蒙、秦怡、郭兰英三位。

而与秦怡老师的交集，尤其令人难忘。这位当时已83岁的大明星、大艺术家，毫无架子地接受了我的首次电话专访，我们后来还多次在上海电影节相遇。她的美丽、亲和形象与高尚的人品、艺德，都深深烙印在我心里，成为我解锁她作品的一把钥匙。

在中国电影120年的光影长河中，1959年上映的《青春之歌》宛如一束强光，照亮了一代又一代观众的心灵。《青春之歌》上映后即引发强烈反响，仅当年就创下1.2亿人次的观影纪录。它不仅是一部革命历史片，更是一部关于青春与成长的启示录。

这部由崔嵬、陈怀皑执导，谢芳、于洋、康泰、秦怡、于是之等一众实力派演员主演的电影，以20世纪30年代民族危机为背景，讲述了女学生林道静（谢芳饰）从一个追求个人自由的小资产阶级知识分子，成长为一名坚定的无产阶级革命者的历程。影片通过九一八事变、一二·九运动等历史事件，构建了一幅知识分子投身民族救亡运动的壮丽画卷。

六十多年来，这部内涵深刻、情节动人、表演精湛的经典之作，从没离开过大众视线。2021年7月，中国共产党成立100周年之际，《青春之歌》的2D修复重映版在国内院线上映；2022年五四青年节当天，《青春之歌》又在中央电视台电影频道播出。只是谁都不曾想到，仅仅5天之后的5月9日，影片主演之一秦怡老师就离开了我们，走完了她曲折与光鲜相伴的百岁人生。

她离开后，《青春之歌》的片段被网络大量转发，这不仅是对艺术家的致敬，更是对一种精神的回望。看着那些画面我总能想起她的那句话："真正的青春是精神上的年轻。"她的人生经历正是这句话的最好注脚。从抗战时期的话剧舞台到耄耋之年的银幕坚守，她用近一个世纪的艺术生涯诠释了青春的本质。当"躺平"成为流行语时，她那一代人的故事，提醒着我们青春应有的模样。当我们在数字时代重看这部经典时，更能从中找到抵抗虚无、积极生活的力量。

电影《青春之歌》的核心内容，是主人公林道静的成长历程。林道静出身于地主家庭，母亲是佃户女儿，被地主强占为姨太太，生下她后被逐并投河自尽。后母欲将她嫁给党部委员胡梦安，她被迫逃至海边，因校长余敬唐也心怀不轨等诸多困境而跳海，后被青年余永泽救起。此后两人渐生情愫，余永泽回北平上学，林道静留当地任教。

在与余永泽的相处过程中，林道静逐渐发现两人在思想和价值观上存在着巨大的差异。余永泽的自私、平庸与功利，让林道静感到失望和迷茫。而此时，革命者卢嘉川的出现，如一束光照进了她的生活。卢嘉川向她传播革命思想，借给她诸多革命书籍，使她开始觉醒。林道静开始积极参与革命活动，她不顾余永泽的强烈反对，参加了“三·一八”纪念大会。大会遭军警镇压，后来卢嘉川被捕并英勇牺牲，林道静也与余永泽分道扬镳。

此后，林道静经历了更多的磨难和考验。她因叛徒出卖被捕，落入胡梦安手中，后在郑瑾（林红化名）的帮助下逃往定县继续教书。江华的到访，让她重新与党组织取得联系，她参与了江华领导的秋收斗争，因身份暴露，回到北平后再次被捕。在狱中，郑瑾对她的帮助以及郑瑾的牺牲，极大地提升了她的思想觉悟，她也经受住了酷刑考验。最终，她加入了中国共产党，在一二·九运动中，她与江华并肩站在斗争前沿，带领学生队伍冲破军警封锁，向着红旗飘扬之处奋勇前进。

林道静的成长历程，是一部充满激情与奋斗的青春之歌。她从一个懵懂、迷茫的少女，逐渐成长为一名坚定的革命者，过程中经历了无数的挫折和磨难。它让我们看到了在民族危难之际，青年的担当与抉择。秦怡老师在采访中也说过，《青春之歌》所传达的精神，在任何时代都具有深刻的意义。它始终激励着我们，无论身处何种困境，都要勇敢追梦。

《青春之歌》不仅仅是一个故事，更是一个时代的缩影。20世纪50年代，新中国成立不久，百废待兴，文化领域也在积极探索如何用文艺作品展现新中国的精神风貌和历史传承。此时，杨沫的小说《青春之歌》应运而生，它以20世纪30年代为背景，描绘了在民族危难时刻青年知识分子的觉醒与抗争。这部小说一经出版便触动了无数读者的心弦。

将这样一部具有广泛影响力的小说搬上银幕，无疑是一项艰巨而意义重大的任务。北京电影制片厂承担起了这个重任，导演崔嵬和陈怀皑深知这部电影的价值和使命。他们怀着对历史的敬畏和对艺术的追求，精心筹备拍摄工作。从剧本的改编到演员的选拔，每一个环节都倾注了他们的心血。

当时的中国社会，正处于社会主义建设的热潮中，人们对革命历史的回顾和对未来的憧憬交织在一起。《青春之歌》的拍摄，不仅是对那段历史的重现，更是对一代青年精神的激励和引导。在那个物质条件相对匮乏的年代，电影人凭借着对艺术的热爱和对理想的执着，克服了重重困难，为观众呈现了一部震撼人心的作品。正如影片中卢嘉川所说："真正的青春，只属于力争上游的人。"

电影幕后的故事，同样充满了传奇色彩。在剧本改编阶段，杨沫亲自操刀，努力将小说中丰富的情节和深刻的思想浓缩在有限的电影篇幅中。为了使故事更加紧凑和富有戏剧性，她对原著进行了大胆的删减和调整，同时保留了小说的核心精神和主要人物的性格特点。

选角过程更是一波三折。由于小说的广泛影响力，众多演员都渴望出演其中的角色，尤其是女主角林道静。当时，以白杨、张瑞芳等为首的一众知名演员都表达了对这个角色的浓厚兴趣，然而，导演崔嵬经过深思熟虑，认为她们的年龄与角色不太相符。直到他想起在湖北任职期间结识的歌剧演员谢芳。谢芳清新脱俗的气质和灵动的表演风格，让崔嵬眼前一亮。经过试镜和多番讨论，谢芳最终获得角色，并成功塑造了林道静这一经典形象。

秦怡饰演林红也有一段佳话，出演《青春之歌》前，秦怡已经是知名演员。崔嵬导演看了电影《林则徐》中秦怡饰演的阿宽嫂，发现她身上有演林红所需要的气质，就于1959年6月专程从北京赴上海，邀请秦怡出演女革命者林红。原本他还担心秦怡嫌林红戏少不肯演，不料出于对党的热爱和对角色的认同感，秦怡欣然接受了邀请。这也是1959年5月20日刚光荣加入中国共产党的秦怡入党后接到的第一个角色。

为了更好地诠释这个角色，秦怡深入研究角色的内心世界，阅读了大量关于革命烈士的资料，白天读《青春之歌》的评论材料，晚上看《革命烈士诗抄》《红旗飘飘》，还跑到天安门广场去寻找灵感。她的努力和付出在影片中得到了完美的体现，她所塑造的林红形象，坚强、勇敢，充满了革命的乐观主义精神，成为电影中的一大亮点。

《青春之歌》中最令人难忘的，莫过于林红就义前的梳头那场戏。秦怡在表演中融入了许多精心设计的细节：使用断齿的木梳时小指微微翘起，保留了上海淑女的优雅习惯；梳至发梢时的停顿，流露出对生命的眷恋；将梳子交给林道静时的触手动作，完成了革命精神的传递。据剧组人员回忆，秦怡在拍摄林红临刑前绣红旗的场景时，反复琢磨“平静中的力量”，最终呈现出既悲壮又从容的表演。

在《青春之歌》波澜壮阔的革命叙事中，秦怡饰演的共产党员林红如同暗夜中的萤火，用克制而精准的表演，成就了永恒经典。这部影片于秦怡而言，不只是一部参演作品，更是她演艺生涯与人生道路的关键转折点。这位上海滩的“电影皇后”褪去所有明星光环，在铁窗镣铐间完成了一次惊心动魄的表演革命，那种细腻入微的表演方式，也成为她此后演艺生涯的鲜明风格印记。与此同时，拍摄期间她沉浸于林红的革命精神世界，也让林红的坚定融入了她的精神血脉，让她在往后人生诸多艰难时刻，无论是生活中照顾患病的丈夫和儿子，还是面对演艺事业的起伏，她都以林红的精神自勉，不向困难低头，彻底打开了人生格局。

《青春之歌》中有许多经典台词让人难忘。“人，不是生来要给别人磕头的”“革命者的青春是永远不会老的”“一个共产党员只有当他闭上眼睛以后，才有权利停止斗争”等台词，成为一代人的精神印记。这些台词的创作凝聚了编剧、导演与演员的智慧。

例如，林红在狱中的独白“敌人只能砍下我们的头颅，决不能动摇我们的信仰”，是秦怡在剧本基础上，结合烈士方志敏的《可爱的中国》重新润色而成，极大地增强了感染力。

同时，令人印象深刻的还有电影中的音乐，尤其是《五月的鲜花》这首歌多次响起，成为影片的重要音乐元素。原作由光未然作词、阎述诗作曲，创作于1935年，是鼓舞人心的抗日战歌。片中，在学生们游行示威等场景中，激昂的歌声响起，为影片营造出强烈的时代氛围，奠定了影片的情感基调，带领观众更直观地感受到了那个动荡而充满激情的时代。

如今，六十多年过去了，《青春之歌》依然散发着迷人的魅力。当我们在大银幕上再次看到林道静、林红等人的身影时，那些曾经模糊的历史记忆突然变得鲜活起来。这种鲜活不仅来自电影本身的艺术魅力，更源于秦怡那一代艺术家用一生践行的艺术信念：真正的电影应该超越时代，成为照亮人类精神世界的永恒之光。这或许就是《青春之歌》留给我们的最宝贵的遗产。

青芒纪年

——青春『考古』类——

《人生大事》：于烟火处见生死，于平凡中现温情

我是在看过《人生大事》一年之后的2023年遇见朱一龙本人的。当时心里怀着几分特别的期待，想看看生活中的“莫三妹”究竟什么样，因为2022年的那场观影，印象太深了！

“一闪一闪的星，哪一颗是你的眼睛……长亭外，古道边，芳草碧连天……天上的每一颗星，都是爱过我们的人，只要你愿意相信，你就是最幸福的人。”那天，当片尾字幕在清亮、温暖的童音里滚动时，我像被点穴一般静静坐着，久久未动，任泪水恣意滚落，眼睛盯着银幕上那行大大的字：“天上的每一颗星，都是我们的爱过的人。”我不确定自己是想起了哪位亲人，就是觉得，似

有一束光照进了内心深处最柔软的角落。

初遇朱一龙，是在2023年的平遥国际电影节上，当时我去工作，而他带着新作《河边的错误》来参加电影节首映。走红毯那天，现场人头攒动，镁光灯闪烁不停，可当他步入视野的瞬间，周遭的喧嚣似乎都悄然退去。他不疾不徐，步伐沉稳，带着一种与娱乐圈浮华不甚相融的内敛，帅得不可方物。在他身旁两米的距离观察，我感觉他的眉眼间有着梁朝伟般淡淡的忧郁，那种忧郁并非消极颓丧，而是历经世事后，对人生感悟的一种自然呈现，让人情不自禁地被吸引，想要探究他内心的世界。

后来在采访时，他的每一个回答都深思熟虑，言辞间尽显真诚与谦逊。他不急于表达，总是稍作停顿，整理思绪后再缓缓开口，声音低沉而富有磁性，让人深切感受到他内敛稳重的性格特质，而这种特质与他在镜头前展现的多变形象形成了鲜明对比。

《人生大事》里的朱一龙和故事本身一样，毫无疑问是充满矛盾性的。殡葬师莫三妹（朱一龙饰）在处理小文外婆后事中与小文（杨又恩饰）相遇，小文舅舅因各种原因将小文暂留在莫三妹处。其间，两人经历诸多波折，产生了深厚的“父女情”。莫三妹经历了与女友分手、跟父亲先产生矛盾再和解等一系列事件，最终在小文的陪伴下，重启人生。

电影的故事起于武汉的市井小巷，那里充满生活最本真的味道。据说导演刘江江从小生活在河北农村，原本想根据自己的生活经历在河北拍摄。他的二爷是葬礼组织者，大伯是木匠，小时候跟二爷参加葬礼的经历，以及身边亲人的离世，让他意识到殡葬业的意义，埋下了电影创作的种子。后来为了拍出充满烟火气的故事，他将电影取景地选在了武汉。另一个原因是朱一龙是武汉人，说武汉话便于他进入角色。

朱一龙饰演的莫三妹，宛如从生活的褶皱里走来，带着底层小人物独有的烟火气与粗糙感。影片开场，他一头醒目的黄毛，身着松垮的花衬衫，脚蹬人字拖，骑着破旧摩托车穿梭在大街小巷，那不羁的模样与街头巷尾的嘈杂环境完美融合，瞬间将观众带入莫三妹的世界。从这一刻起，朱一龙不再是那个人们熟悉的演员，而是彻彻底底成为莫三妹，一个被生活打磨得表面有些麻木，内心却始终炽热的殡葬师。

小文的出现，无疑是莫三妹人生轨迹的重大转折点。这个扎着哪吒头、手持火尖枪、眼神倔强又满是迷茫的小女孩，在失去外婆后，与莫三妹产生了千丝万缕的奇妙羁绊。小文初入殡葬店时的“大闹天宫”，莫三妹从最初的不耐烦到逐渐接纳，两人之间的互动充满了令人忍俊不禁的笑料与感人至深的泪水。

其中有一场戏，小文半夜突发高烧，莫三妹心急如焚地抱着她往医院狂奔。昏暗的灯光下，莫三妹脸上滚落的汗珠、慌乱又关切的眼神，将其内心的焦急与对小文的担忧展现得淋漓尽致。那一刻，朱一龙已与角色完全融为一体，观众看到的不再是一场表演，而是一位父亲对孩子最纯粹的爱与关怀。

电影中对殡葬场景的描绘别出心裁，没有刻意营造阴森恐怖的氛围，而是以一种平实、庄重的视角展现对生命最后尊严的敬畏。莫三妹和他的伙伴们为逝者整理妆容、换衣物，每一个动作都娴熟且轻柔，每一个细节都饱含着对生命的敬重。那个小小的殡葬店“在天堂”，见证了无数的生死离别，也让观众深刻体会到生命的无常与珍贵。

莫三妹与父亲之间的矛盾与和解，是影片中又一条细腻动人的情感脉络。父亲对莫三妹的恨铁不成钢，莫三妹对父亲的敬畏与反抗，在一次次的争吵与对话中展现得入木三分。直到父亲离世，莫三妹亲自料理后事，他才真正理解了父亲一生的坚守与付出。那场父子间跨越生死的对话，朱一龙表演得层次分明，从最初的倔强到最后的释然，每一个情绪的转变都精准地拨动着观众的心弦，让人感同身受。

最终，莫三妹在与小文相处的过程中，逐渐找到了自己生命的价值，从一个玩世不恭的青年，成长为一个有担当、有责任感的男人，逐渐懂得责任与爱的意义。小文也从失去外婆的痛苦和迷茫中走出来，学会了勇敢与坚强。这种心灵的成长、自我的完善，对每个人的人生来说都是至关重要的大事。

《人生大事》这部电影，没有跌宕起伏的传奇情节，也没有华丽炫目的特效场面，却凭借其对生活的真实写照，深深打动了观众的心灵。它就像一面镜子，让我们在别人的故事里，看到了自己的影子。朱一龙用他细腻入微的表演，赋予莫三妹鲜活的生命力，也让我们看到了殡葬师这个特殊职业背后的温暖与力量。

其实，在电影史上有很多部与生死有关的影片，比如《入殓师》《遗愿清单》《寻梦环游记》等，都曾深深打动过我，可以说各有特色，也都堪称经典。2008 年上映的日本影片《入殓师》围绕入殓师小林大悟展开，他误打误撞成为入殓师后，在工作中逐渐理解了这份职业的意义与价值。虽都以殡葬行业为背景，但《入殓师》侧重入殓师职业的专业与庄重，传递出对死亡的敬畏；而《人生大事》则聚焦殡葬师的生活与情感，用温暖诙谐的方式展现生死话题。

2007 年上映的美国影片《遗愿清单》讲述了两位身患绝症的老人，在余下的日子里，一起完成遗愿清单上事项的故事。它是从将死之人的视角出发，以幽默和温情的方式展现他们对死亡的态度和对生命的热爱。它与《人生大事》一样，都没有刻意渲染死亡的悲伤，而是以积极的态度引导观众思考人生。

2017 年由皮克斯动画工作室出品的《寻梦环游记》，讲述小男孩米格为追求音乐梦想，误入亡灵世界，在那里他遇见了逝去的亲人，也了解到家族的秘密和生死的真谛。影片构建了一个绚丽多彩的亡灵世界，传达出“死亡不是终点，遗忘才是”的主题；而《人生大事》则立足于现实世界，以接地气的故事和人物，展现了死亡在平凡生活中的意义。

其实，说这么多，想表达的是：这类电影带给我们的，不仅仅是一场场视觉与情感的盛宴，更是一次次对人生的深刻启迪。它们让我们明白，人生就像一场旅程，有欢笑，有泪水，有相聚，有离别。生死是人生的大事，但如何在有限的生命里活得精彩，如何在平凡的生活中找寻生命的意义，才是我们应该思考的核心。

这类电影也让我们重新审视了死亡这一沉重的话题。死亡不再是令人恐惧的终点，而是生命的一部分，是每个人都必须面对的归宿。这种对死亡的坦然与尊重，教会我们珍惜当下的每一刻，珍惜身边的每一个人，因为生命无常，每一个瞬间都可能成为永恒。

回顾与朱一龙见面的情景，再品味他在电影《人生大事》中的精彩演绎，越发觉得他与角色之间有着奇妙的契合。他内敛稳重的性格特质，为莫三妹这个角色注入了更深层次的内涵；而莫三妹的成长与蜕变，也让我们看到了朱一龙作为演员的无限潜力与成长空间。后来朱一龙因该片获得金鸡奖、百花奖两个最佳男主角奖，影片更是获奖无数，这也证明了这部电影和莫三妹这个角色的成功。

我想，《人生大事》会长久留在我的记忆深处，正如很多朋友需要影片推荐时，我都会毫不犹豫地把它列入片单。在这个瞬息万变的世界里，我们都在寻找生命的意义，而这部电影，就像一盏明灯，提醒我们珍惜眼前人，热爱每一个平凡的日子，用心去感受生活的美好，用爱去书写属于自己的人生大事。

《少年的你》：在阴沟里仰望星空

2019年11月8日，立冬夜，大同大剧院，刚刚看完舞蹈史诗《黄河》的我，在朋友圈里写下几句简单的文字："与《黄河》为'舞'，熟悉而温暖。这一晚，法国前总统乔治·让·蓬皮杜之子阿兰·蓬皮杜也如约而来，观剧中还看到他抹泪。采访的时候遇到作曲家贝尔，他是美、德和中国台湾的混血儿。一聊，不得了，他竟然是最近热映影片《少年的你》的配曲，还和贾樟柯合作过《一个桶》。这个记者节太充实了，感恩！"

此前半个月的10月25日，《少年的你》刚刚在国内上映，11月6日我才去影院看了影片，大受震撼，还顺手写了两句感受："不知怎么，就觉得《少年的你》《美丽人生》有种殊途同归的美，可代表催泪影片的两种类型：前者有意把很暖的故事（陈念和小北这条线）拍出‘冷’；后者则是把很冷的故事拍出‘暖’！”当时对片中的音乐更是记忆犹新，没想到仅仅两天之后就在大同遇见了远道而来的贝尔，还聊起他片中的音乐创作，真是一段奇缘。

其实，我和《少年的你》缘分远不止如此，因为有幸数度在上海、平遥等地见过片中几位主演：周冬雨、易烊千玺和尹昉，这些奇妙的缘分，成为我深入解读这部电影的独特钥匙。

《少年的你》改编自玖月晞的小说《少年的你，如此美丽》。它不只是一部简单的青春片，更是一面照见社会现实的镜子。校园欺凌这个沉重的主题，在曾国祥导演的镜头下被赋予震撼人心的力量。陈念和小北的故事，撕开了青春美好的表象，暴露出成长过程中那些难以言说的伤痛。

故事发生在某年高考前夕，性格内向的优等生陈念，因给跳楼身亡的同学胡小蝶盖上衣服，成为校园欺凌的下一个目标。以魏莱为首的欺凌小团体，对陈念进行殴打、扒衣服、撕课本、剪头发、拍裸照、录视频等伤害。就在陈念最孤立无援的时候，她遇到了被父母抛弃的街头少年小北。小北开始护送陈念上下学，两人从陌生到熟悉，从孤立无助到相互救赎，在彼此的陪伴下逐渐产生了朦胧的情感，并约定高考后一起离开这个城市。

然而，魏莱等人的欺凌行为不断升级。小北被误抓进派出所期间，陈念遭到了更过分的欺凌。高考来临之际，警方发现魏莱的尸体，小北为保护陈念，选择顶罪，对作案过程供认不讳。但负责案件的郑警官察觉到疑点，坚持调查，最终陈念承认是自己误将魏莱推下台阶，小北协助埋尸并顶罪。多年后，出狱的陈念成为教师，小北依然默默守护在她身边，实现了“你保护世界，我保护你”的承诺。

影片之外，是当今社会青少年成长环境的日益复杂。校园本应是充满阳光与希望的，然而，校园欺凌现象却如潜藏的暗流，时不时掀起惊涛骇浪，刺痛着社会的神经。《少年的你》正是在这样的时代背景下应运而生。聚焦校园欺凌问题，展现了受害者的无助、施暴者的无知以及旁观者的冷漠，同时对校园欺凌的深层成因及社会现状进行了深刻反思，包括家庭教育、学校教育的缺失以及社会力量在处理校园欺凌事件方面的无能为力。影片试图通过影像的力量，唤起全社会对青少年心理健康与成长环境的重视。

初次观影，我便被深深震撼，仿佛被一只无形的手拽入那个满是阴霾与挣扎的校园。周冬雨饰演的陈念，是在欺凌旋涡中苦苦求生的弱者，她的每一个眼神，都藏着恐惧、无助与倔强。在昏暗的教室里，她默默承受着同学们恶意的目光，那些窃窃私语和推搡欺凌，如同冰冷的潮水，将她一点点淹没。易烊千玺塑造的小北，看似街头叛逆的小混混，可眼底的温柔与纯粹却在遇见陈念后被全然唤醒。他陪着陈念走过一条条黑暗的小巷，成了陈念在绝望中唯一的光。

片中，有两场戏让我至今无法忘怀：一是陈念躲在垃圾桶里的那场戏。昏暗的光线，狭小逼仄的空间，垃圾桶外是肆意搜寻、叫嚷的欺凌者。陈念蜷缩在桶中，身体因极度恐惧而微微颤抖。她双手紧紧捂住嘴巴，极力压抑着自己的呼吸声，眼睛睁得很大，死死盯着垃圾桶的缝隙，满是惊慌与无助。这时，她的手机铃声突然响起，暴露了她的位置。绝望的泪水瞬间夺眶而出……那泪如雨下的表情，深深刻入我的脑海。我好像突然触摸到了人物的绝望，和她一同置身于黑暗的深渊，以至于开始生理性发抖。也就因为这场戏，我坚信周冬雨会因为这个角色收获无数荣誉，后来周冬雨果真凭借陈念一角获得七大电影奖的最佳女主角奖。

另外一场同样令人揪心的戏，是小北坚持给陈念顶罪的情节。当警察赶到时，小北被突然出现的力量猛地摁倒在地，他的脸重重被压在地面。他没有反抗，眼神坚定且决绝，嘴角忽而微微上扬，露出一丝不易察觉的笑，那是他对陈念无声的守护，仿佛在说“一切都结束了，你安全了”。他的眼神中，还有对过往黑暗生活的告别，以及对陈念未来的期许。那也是易烊千玺真正征服我的时刻。

其实，影片中还有很多细节值得回味。陈念在被欺凌后，头发被剪得参差不齐，她瑟缩在角落里，眼神空洞又哀伤。那一地的碎发，仿佛是她破碎的青春，任人践踏。而小北为了保护陈念，脸上时常带着伤，可他看向陈念时，嘴角那一抹笨拙的微笑，却满是温暖与力量。他们之间的感情，不是传统意义上的爱情，而是在绝境中相互依存的默契与信任。这种情感的发展，是在小北默默跟在陈念身后护送她回家的路上，是在陈念关切地问小北“你疼不疼”的情节中慢慢晕染而出的。这些细微之处，没有刻意煽情，却直击人心。

当然，导演想呈现的绝不仅仅是一个暴力压抑的故事，影片着意描摹出一段青春成长轨迹。陈念的成长，从最初的隐忍到最后的反抗，是一个觉醒的过程。她不是突然开悟，而是在一次次伤害中积累力量，最终完成了自我救赎。周冬雨用细腻的表演，将这种转变演绎得淋漓尽致。

小北的转变同样令人动容。他从一个施暴者变成一个保护者，这种身份的转换揭示了人性中善与恶的复杂交织。他的选择证明，即使身处黑暗，也可以选择成为别人的光。正如他在陈念的英语书上看到的那句话："We're all in the gutter, but some of us are looking at the stars."中文译为"我们都生活在阴沟里，但依然有人仰望星空"。这句话出自英国剧作家和诗人奥斯卡·王尔德所写的《温德密尔夫人的扇子》。它是全片的点睛之笔，道出了陈念和小北心灵相通的地方：不论生命中有多少残缺，都值得期待。

影片尾声，两个少年在警车里对视，满脸放松，这是对成长最好的诠释。他们付出了惨痛的代价，但终于走出了暴力的阴影，找到了属于自己的光明。

不得不说，《少年的你》以其深刻的主题、动人的剧情和演员们的精彩演绎，成为一部具有社会意义和艺术价值的佳作。放眼华语电影版图，《少年的你》都可说是一部具有里程碑意义的作品。后来本片荣获第69届柏林国际电影节新生代青年单元最佳影片提名，以及第39届香港电影金像奖、第33届中国电影金鸡奖、第35届大众电影百花奖、第14届亚洲电影大奖、第18届中国电影华表奖等多个奖项，也证明了这一切。

在这部影片里，周冬雨和易烊千玺的表演堪称惊艳。周冬雨将陈念的脆弱、隐忍与坚强诠释得淋漓尽致，尤其是其中的大量哭戏，感染力极强。易烊千玺则成功塑造了外表不羁、内心善良的小北，贡献了极具层次感的表演，完成了从偶像到实力演员的蜕变。

贝尔的音乐也为影片增色不少。在创作过程中，贝尔深入理解角色的情感世界，力求用音乐烘托出影片的氛围。他将青春的迷茫、痛苦与希望融入旋律之中，如陈念在雨中奔跑的场景，那悠扬又略带哀伤的配乐，将角色内心的孤独与无助展现得恰到好处。

而成就《少年的你》的最大功臣，当数导演曾国祥。我对他关注已久。此前他在影片《七月与安生》里就展现出对青春题材独特的把控能力。他擅长挖掘人物内心深处的情感，以细腻的镜头语言讲述动人故事，《少年的你》亦是如此。

曾国祥对剧本的要求极高，在处理陈念和小北之间的关系时，他摒弃了传统青春片中纯粹的男女爱情模式，将他们的情感塑造为一种共生关系。这种独特的情感设定，为影片增添了一抹别样的温情，也使影片具备了一定的深度。为了让剧本更加真实可信，曾国祥和编剧团队在青春故事中融入现实主义的质感，着重刻画了高考和校园欺凌这两个重要元素。

作为香港导演，曾国祥对内地的高考文化并不熟悉。为了还原这一重要背景，他观看了许多关于高考的纪录片，深入了解内地高三学生的学习和生活状态；他亲自前往重庆的学校，感受高考前夕紧张而压抑的氛围。这些努力，都使得影片中关于高考的情节充满了真实感。

而在选角方面，他更是千挑万选，终遇合适的“少年”。

在女主角陈念的选角上，导演曾国祥几乎没有太多犹豫，便将目光投向了周冬雨。首先，他认为周冬雨身上“少年气与少女感兼具”，与陈念这个角色十分契合。在《七月与安生》中他们有过合作，周冬雨的出色表现，已经证明了她对青春题材影片人物的驾驭能力。

相比之下，男主角小北的选角过程则充满了曲折。最初，易烊千玺主动上门试镜，但因为年纪太小，外在形象与小北的混混角色不符，被导演拒绝，那时的易烊千玺才17岁。此后剧组继续选人，然而，易烊千玺并没有因此而放弃，半年后他再次争取到试镜机会，但导演组依然觉得他稍显稚嫩，再次拒绝。直到《这就是街舞》开播，曾国祥和制片人许月珍看到节目中的易烊千玺，与之前那个青涩的少年判若两人。他不仅在舞台上展现出了强大的实力，还在备战高考的巨大压力下，展现出了坚韧不拔的毅力。此时的他已经有了一种男人的味道，最终导演组确定由他出演小北。

也许正是前期的精磨，才最终成就了这部佳作，它不仅拓展了国产青春片的边界，更让全社会重新审视校园欺凌现象。此后，相关部门也因此加大了对校园欺凌的整治力度，推动学校加强安全教育和管理，完善预防和处理校园欺凌的机制。善莫大焉，如

《少年的你》!

当“陈念”的故事过去4年之后，2023年10月，我又一次在平遥国际电影节上遇见周冬雨，已是费穆荣誉评审之一。而此时，距离我第一次在上海一个电视剧活动上遇见她，已经过去了5年多。这5年，眼看着这只“小黄鸭”飞速蜕变，变化不仅在外形上——红毯上的她露背长裙、波浪长发，巧笑倩兮，摇曳生姿，让人找不到半点“陈念”的影子；事业上，她更是如日中天，成为继周迅、章子怡之后，第三位“三金大满贯”（中国电影金鸡奖、香港电影金像奖、台湾电影金马奖）得主，也是华语电影史上最年轻的一位。当她走到我身前两米处，停在红毯尽头，接受主持人的采访时，那种坚定而从容的神情，突然让我觉得她很像《少年的你》中那个劫后重生的人。是啊，她如今拥有的一切，本就与“陈念”息息相关，怎么会不像呢?

《我们一起摇太阳》：以生命为笔，绘别样青春

上海的梅雨季总有着胶片受潮般的黏腻感，如同回忆……

7年前（2017年）的那个6月，作为上海国际电影节传媒大奖的评委，当我在上海影城顶楼的审片影厅，为电影《闪光少女》里一个名为彭昱畅的新人投下郑重一票时，并未料到片中那个顶着泡面头、在民乐与西洋乐大战中笨拙敲打扬琴的少年油渣，会在时光的淬炼中成长为电影《我们一起摇太阳》里浑身插满导管的吕途；更未曾料到，当时年仅23岁便获得上海电影节亚洲新人奖最佳男演员提名的彭昱畅，后来果真一路开挂，终凭吕途收获中国长春电影节金鹿奖最佳男演员奖，开启了自己更新的旅途。

当30岁的彭昱畅站在领奖台上，眼含热泪说出“电影是梦，我会醒着去追”时，我突然有种自己当年的票没有白投、看自家孩子长大般的欣慰感，一时也湿了眼眶。

《我们一起摇太阳》（以下简称《摇太阳》）首映于2024年春节。这部题材涉及疾病和生命这样沉重的话题，片名又格外孩子气的青春片，在春节档一众欢乐祥和的影片中显得格外扎眼，甚至有点格格不入。我去影院前也很犹豫，要不是看到海报上彭昱畅和李庚希两位青年实力派演员的名字，可能真的会错过。但它却给了我最大的惊喜！当《热辣滚烫》用34亿元票房证明其商业魔力时，《摇太阳》却选择在春节档的缝隙中播撒向日葵的种子。

面对市场的无情选择，经历定档、撤档、再定档、票房不佳的连连失意，《摇太阳》逐渐消失在人们的视觉中。但我始终觉得，这是一部被低估的优秀国产片。它就像一颗蒙尘的珍珠，只是暂时被市场的喧嚣淹没，终会发光。后来，这部电影接连在中国长春电影节、中国电影金鸡奖上斩获最佳男演员、最佳女演员、最佳编剧等大奖，似乎也证明了我的判断。

中国银幕上的青春叙事，曾长久困在蜜糖与血腥交织的茧房里。创作者们习惯用强戏剧冲突制造情感爆点，让青春沦为象征性符号。可《摇太阳》的出现，如同一把锋利的手术刀，划开了这层糖衣，而导演韩延就是举起手术刀的人。从2015年的《滚蛋吧！肿瘤君》到2020年的《送你一朵小红花》，再到2024年的《我们一起摇太阳》，这三部作品就像是一部关于生命的史诗，记录着不同时期、不同人物面对生命困境时的挣扎与抗争，韩延用“生命三部曲”治愈伤痛，也治愈时间。

影片《摇太阳》的故事灵感源于一篇纪实报道《最功利的婚姻交易，最动情的永恒约定》，讲述身患脑瘤的吕途（彭昱畅饰）和患有尿毒症的凌敏（李庚希饰）这两个被命运捉弄的年轻人，因“生命接力”的约定而走到一起，共同踏上一段充满爱与力量的治愈之旅。这不是一个简单的爱情故事，它剥开生活的甜腻糖衣，直面生命的沉重与脆弱，在病痛的阴霾下，探寻人性的光芒与生命的真谛。影片的外文名为“Viva La Vida”，在西班牙语中意为“生命万岁”。

吕途与凌敏的相遇，像是将两株濒死的植物并置荒漠，逼迫他们在死亡的凝视下绽放本真。《摇太阳》打破了青春只有阳光与美好的刻板印象，将青春置于生命的绝境边缘，让我们看到青春在苦难中绽放出的别样光彩。它的厉害之处，就是要挖掘出生命尽头的青春力量！

同时令我非常惊叹的是，面对这么沉重的题材，韩延导演却摒弃了苦情与沉重，为影片定下了温暖、贴近生活的基调。影片开场，没有刻意营造的悲伤氛围，没有故作深沉的生死感慨，而是以一种轻松诙谐的方式，将我们带入吕途和凌敏的世界。吕途，那个“没头脑”的大男孩，身患脑瘤，却总是咧着嘴，用乐观的笑容面对生活的苦难；凌敏，“不高兴”的女孩，被尿毒症纠缠，外表冷漠，内心却藏着炽热的渴望。他们的相遇，就像两个在黑暗中摸索的灵魂，找到了彼此的微光。

导演在这前半段的叙事中，展现出了非凡的功力。他没有把这两个重症患者的生活描绘得凄惨绝望，而是用温暖的色调、幽默的对白，让观众看到了他们对生活的热爱、对生命的尊重。这种以喜剧面目呈现悲剧的手法，让我不禁想起同样关涉生命的经典之作《美丽人生》。在欢笑与泪水中，我们感受到的不仅仅是爱情的美好，更是生命的坚韧。

随着剧情的推进，吕途和凌敏决定进行“生命接力”，踏上了一段充满爱与力量的治愈之旅。他们登记结婚，联合旅行团举办了一场只有陌生人参加的婚礼。在那场特别的婚礼上，陌生人们的祝福如同一束束温暖的阳光，照亮了他们短暂而又灿烂的人生。这一情节，让我深刻地感受到，青春的意义不仅仅在于年少时的轻狂与梦想，更在于在困境中依然能够坚守的对生活的热爱、对美好的向往。而这些，也让它在一众青春片中脱颖而出，为国产青春题材电影注入了全新的血液。

当初主创团队在西安采风时，发现真实的尿毒症患者会在手背针孔处贴卡通创可贴，这个细节最终演化为凌敏的草莓贴纸，成为贯穿全片的视觉隐喻。韩延对真实素材的处理充满敬畏与巧思：殡仪馆拍遗照时啃煎饼果子，骨灰盒专卖店讨论游戏机尺寸，这些黑色幽默的桥段，暗合了当代青年用表情包消解苦难的生存智慧。菜市场那场互泼脏水的戏堪称神来之笔，当凌敏把死鱼甩向吕途时，飞溅的水珠里分明藏着韩延对青春片陈规的嘲弄。

值得玩味的是，影片衍生出的“奥利给舞”抖音挑战赛收获2.3亿播放量。年轻观众用戏谑肢解沉重命题的行为，恰与电影内核形成呼应——当我们讨论“绝症青春片”时，它早已挣脱类型桎梏。原来这才是真正意义上的青春！

必须得说，这部电影的成功，离不开演员们出色的表演。彭昱畅和李庚希，这两位年轻一代的演员，用他们松弛且极具感染力的演技，将吕途和凌敏的形象刻画得入木三分。

回想起初次遇见的彭昱畅，初出茅庐，还带着青涩与懵懂，但演技却已展现出非凡的天赋。这个曾因《闪光少女》里油渣一角被记住的少年，在《摇太阳》中完成了惊人的蜕变。他蜷缩在病床上抠弄透析管结痂的细节，让人瞬间理解了何为“用肉身丈量疼痛”——浮肿的手指、刻意佝偻的背脊、偷喝矿泉水后痉挛的呕吐，每个动作都贴着人物的灵魂。尤其是“奥利给”那段戏，他用充满激情的表演，将吕途内心对生命的渴望、对命运的抗争毫无保留地展现出来。那一刻，影院里的观众无不为之动容，我的泪水也夺眶而出，之后便再也无法停止。

李庚希的表现同样出色，她将凌敏冷漠外表下那颗脆弱而又坚强的心，完美地诠释出来。她的每一个眼神、每一个细微的动作，都让我们感受到了人物内心深处的情感波动。凌敏扎着粉色发圈去透析，在惨白的病房对着仪器竖中指，这些细节堆砌出当代青年独有的生命尊严。最震撼的莫过于自助洗衣房那场戏：滚筒投映在面颊的蓝光如流动的银河，洗衣机的轰鸣声掩盖着抽泣声，让这个“不想被人听见哭声”的瞬间，成为当代年轻人面对生存重压的缩影。

当片尾字幕升起时，吕途与凌敏在晨光中摇晃太阳投影的画面仍在视网膜上灼烧。我静静地走出影厅，瞬间融入影院春节档的喧嚣里，心底突然对青春有了新的定义：青春不仅仅是风花雪月，也不仅仅是成长的烦恼与喜悦，青春更是一种对生命的态度，一种在困境中不屈不挠、勇往直前的精神。

或许应该这么评价这部《我们一起摇太阳》，它是在以生命为笔、以青春为纸，描绘着别样的人生画卷。它让我们看到了青春的另一种可能，也对生命有了更深层次的思考。青春不是只有阳光灿烂的日子，也可能是在黑暗中寻找光明的旅程；青春的价值，不仅仅在于实现自我的梦想，更在于对生命的敬畏与珍惜！

幕后台前

—影人故事类—

和张艺谋、余华一起，看懂《活着》的生命底色

2019年，或许是我职业生涯最值得记录的一年。和两位我崇敬已久的文学、电影大师接连相遇，且有机会近距离接触，一时让我觉得“活着”真是幸福。

那年初夏，日光灼灼。在山西汾阳的吕梁文学季，我第一次见到余华先生。那是个下午，他穿着藏蓝色的休闲西装，从乡间小路上迎面向我走来。我恍惚了一下，迎上去问好，仿佛家里书架上那一排“余华作品系列”中熟悉的人影，都在眼前这张笑脸上复活了。后来的几天，又接二连三在各种活动上遇见他和很多我敬仰的作家，莫言、苏童、格非、梁晓声……有种梦想照进现

实的不真实感。

5月的吕梁山，生机勃勃，余华到来，更让这里笑意盈盈。在台上，他幽默地说："我们现在来到这里，就好像当年勃拉姆斯去了舒曼在农村的房子的那一刻。在这里，我们都是勃拉姆斯。"台下一片会心微笑。后来，他接受采访，又碰到了那个"活着"就逃不过的老问题："您怎么看《活着》出版二十余年依然占据畅销小说榜？"他笑言："这要感谢语文老师，伟大的语文老师……"他眉飞色舞，笑得像个孩子，瞬间让人想起大众对他的精辟评价："余华写作，就是把快乐留给自己，把苦难留给读者。"

没想到，还是那年，5个月后，深秋，平遥电影宫，我又遇见了张艺谋导演。那座被古城墙围起的电影殿堂，距他30年前拍摄《大红灯笼高高挂》的乔家大院不过百里之遥。当时国庆节刚过，刚刚因执导国庆70周年联欢活动惊艳了全世界的总导演张艺谋就这样来到了我的眼前。采访间里，我问张导，这么多年几乎年年有作品，还要兼顾大型活动，69岁的他有没有特别疲惫的时候？他一脸平静地笑答："可能我就是劳碌命……"又问他何时再来山西拍片，他当即保证"肯定会来"。

说起张艺谋与山西，还真是渊源深厚，他的多部经典影片都与山西紧密相关：1983年的《黄土地》，他当时还是摄影师，在拍摄时就沿着黄河在山西取景；后来的《老井》，以山西左权县的石玉峧村为背景，讲述几代农民打井的故事，他在片中饰演孙旺泉，凭此角还获得了东京国际电影节最佳男演员奖；再后来拍《大红灯笼高高挂》，他被山西古建的美所吸引，将原本的南方故事改到了山西晋中的乔家大院拍摄；再往后的《长城》，取景于山西晋城王莽岭，特别呈现了震撼世界筑路史的锡崖沟挂壁公路；前几年的《悬崖之上》，他为影片在山西大同打造了专属的大同北村影视基地；还有就是他2019年拍摄的《满江红》，取景山西太原古县城，影片蕴含满满的山西地理元素。

他对山西的爱，也让他那年一到平遥，便获得了山西这片土地上人们的格外拥戴。从凌晨4点平遥电影宫外影迷开排的长队，到大师班从500人影厅紧急调整到1000人露天“站台”的举动……一切都在告诉人们，什么叫“大师来了”！我也被裹挟其中，与其他粉丝一样，在拥挤的人群中、在持续的尖叫中感受“国师”的魅力。

这两次相遇，也让我重新翻开了余华的原著，点开了张艺谋尘封的电影《活着》。那一刻，山西的黄土、作家的笑谈、导演的沉吟，突然与福贵一家颠沛的命运交织在一起，让我对《活着》有了更深的认知。我好像突然明白了两位大师作品的殊途同归：余华用文字劈开黄土地，让我们看见骸骨；张艺谋用镜头抚摸裂缝，让我们听见根系生长的声响。

这部1994年出品，由葛优、巩俐主演的影片，不仅是张艺谋导演生涯中评分最高的电影，也成为中国电影史上当之无愧的经典。它曾一举摘得第47届戛纳国际电影节三项大奖、一项提名奖以及英国电影学院奖最佳外语片奖，葛优更是凭借本片获得戛纳国际电影节最佳男演员奖，成为首位获此殊荣的华人演员。

《活着》的故事，是一曲生命韧性之歌。电影通过福贵一家的遭遇，反映了从民国时期到新中国成立后的多个历史阶段中，普通人在时代洪流中的渺小与坚韧——

福贵，曾是富家子弟，在纸醉金迷中挥霍着青春，命运却悄然为他布下一场荒诞的赌局。一夜之间，他输光了所有，从云端跌落至尘埃。此后，生活的苦难接踵而至。被抓壮丁的他，在战火纷飞中徘徊于生死边缘，枪林弹雨里，对家人的思念是他唯一的精神支柱。好不容易死里逃生回到家中，他以为能在平凡日子里寻得安宁，可命运的风暴从未停歇。

儿子有庆，那个纯真善良的孩子，在好友春生的一次倒车事故中早早凋零。福贵的心，被这突如其来的厄运狠狠撕裂。女儿凤霞，虽身有残疾，却有着如春日暖阳般的笑容。她在苦难中努力生活，好不容易寻得良人，迎来新生命的曙光，却在产房的那扇门后，永远地闭上了眼睛。福贵与家珍，这对历尽沧桑的夫妻，只能在命运的重击下，相拥而泣。

岁月的车轮滚滚向前，福贵和家珍在苦难的泥沼中相互扶持。他们看着外孙长大，那些过往的伤痛与欢笑，都化作了眼角的皱纹和鬓间的白发。在生命的暮年，福贵牵着老牛，漫步在乡间，回首一生，那些苦难与坚韧，都成为他生命中无法磨灭的印记，诉说着活着的意义。

可以说，余华的小说《活着》是一把插进历史胸膛的解剖刀。作者以福贵的视角，以第一人称絮语般的回忆，将地主少爷的荒唐、战场的尸骸、饥荒的饿殍、政治运动的疯狂层层剥开，最终只剩下“活着”这个赤裸的动词。

而张艺谋的改编，更像是一次对“幸存”的重新定义。相比于原著中，福贵的亲人全部离世，最后只剩下他和老牛相依为命的悲凉结局，电影相对温暖一些，家珍没有去世，凤霞的孩子也活了下来，给故事留下了一丝希望的曙光。同时，电影受时长限制，简化了一些原著中复杂的情节和人物关系。例如，原著中福贵的父亲是被他气死的，而影片中老人则是在福贵赌博败家后不久就去世了，去掉了一些更细致的情节描述。

另外，电影也更加突出时代背景对人物命运的影响，通过几个关键的历史时期，将福贵一家的际遇与时代紧密结合。原著虽然也有时代背景的穿插，但在电影中表现得更加直观和强烈。

重看《活着》，最震撼的并非大历史事件，而是人被历史异化的瞬间。葛优饰演的福贵，在输光家产瘫坐在赌坊门槛上时，脸上挤出的笑比哭更狰狞。之后，历经苦难的他，从一个洒脱不羁的人，变得谨小慎微，战战兢兢。凤霞生孩子时，医生都去参加政治运动了，没有得到救治导致凤霞难产而死……那样的历史之下，人的价值观和生命都随之会被扭曲、消失。

真正让电影超越时代局限的，是巩俐饰演的家珍。小说中的家珍更像一个符号化的“苦难承受者”，而电影赋予家珍惊人的韧性和博大的胸怀。片中令我印象很深的一幕，是特殊时期春生被迫害，在准备自杀的前夜，找到福贵一家，想把自己的所有存款给家珍以换取原谅，而家珍最终原谅了春生，并对他说“你记着，你欠我们家一条命，得好好活着”。这个经历了无数苦难的女人，为我们定义了生命的意义和活着的价值。

必须得说，电影《活着》所塑造的人物，个个鲜活，皆可留名影史。那时的葛优还不是如今家喻户晓的“葛大爷”，但他已凭借细腻的演技，将福贵的一生演绎得入木三分，从前期的玩世不恭，到经历种种苦难后的沧桑与无奈，每一次的转变都自然流畅。倪大红那时还不是让人又气又恨的“苏大强”，他在影片中饰演的龙二同样可圈可点。郭涛尚未成为“江德福”，却也将配角春生的性格展现得入情入理。

而我最想一说的还是巩俐，重温影片时我突然捕捉到年轻的她已有了《归来》中“冯婉瑜”的神韵。家珍，这个默默承受生活苦难的女性形象，在巩俐的细腻演绎下，成为影片中最温暖也最坚韧的力量。她对福贵的爱、对家庭的付出，在那个动荡的年代里，如同一盏明灯，照亮了生活的黑暗。家珍这个角色的故事线虽然没有福贵那般波澜壮阔，却在平凡中蕴含着无尽的力量。

从1992年小说诞生到1994年电影诞生，至今《活着》已跨过30个年头。它不仅成就了华语文学、电影界的两位大师，也成就了两位伟大的演员，更为中国文学、中国电影在国际舞台上赢得了声誉。小说超2000万册的销量，也为电影的成功做了很好的背书，两者相互成就，共同成为不朽的经典。

《活着》这部作品，无论是原著还是电影，都像是一面镜子，映照出人类在苦难面前的渺小与伟大。无论何时看，它总会让我们触摸到生命最本真的底色，感受命运的厚重和人性的坚韧。它让我们思考活着的意义，生命或许脆弱，在历史的车轮下，每个人都在奋力挣扎。但正是这种挣扎，让我们看到了生命的顽强与不屈。

《活着》告诉我们，无论生活给予我们多少苦难，我们都要像福贵和家珍一样，坚定地活下去，因为活着本身，就是一种胜利。这部作品也激励着我们，在追求梦想的道路上，要像张艺谋和余华一样，守住初心，用自己的方式诠释对生活、对生命的无畏与热爱！

与星爷拉钩后，再品《喜剧之王》的梦想滋味

2016年春节刚过，太原的初春还带着料峭寒意，周星驰携《美人鱼》主创来并路演的消息便如春回大地的讯息，传遍城市的角角落落。只是那时，我还不知道自己会和这位“喜剧之王”产生怎样奇妙的缘分，那个手拉手“拉钩上吊一百年不许变”的约定，将为我们的这场奇遇增添多少童话意味。

作为在华语影坛独树一帜的喜剧大师，作为在全球拥有亿万粉丝的著名演员，“周星驰”三个字早已超越了电影本身，成为一种文化符号或时代象征。而我，也因与这位传奇影人的难忘邂逅，开始重新审视他和他的作品。

必须承认，我和星爷零距离接触这事儿有点误打误撞的味道！

于千万人之中，能穿越粉丝的人山人海、安保的铜墙铁壁、工作人员的严防死守……独自走到星爷面前，还亲密地拉了个钩，多半是天意！尤其当我陷入困境时，星爷竟出手“相救”，才有了后来那段珍贵的、一对一的聊天时光。

那天，当我独自一人时偶然发现了星爷在太原万达影厅背后休息室的秘密后，当我第N次避开阻挠、若无其事地走近他时，发现他居然在沙发椅上睡着了。其实我知道他行程紧张需要休息，所以只是站在两米外静静看着他，不想打扰他。谁知他意外地醒了。

很自然的，我介绍了身份，求了张合影，而刚好经过面前的“世界珍禽异兽博物馆馆长”（《美人鱼》中角色）杨能先生则成为我们的摄影师。我跟有些疲惫的星爷说：“您别站了，我就蹲着照好了！”他说：“那这照片就不能发报纸喽！”我答应，谁知他调皮地伸出手指要跟我拉钩。我愣了一下，也伸出手指，然后哈哈大笑，而杨先生抓住了这珍贵瞬间。其实这时已有不少工作人员过来劝我走，但星爷却客气地替我解了围。

因为杨先生拿我手机照相的时候，星爷突然看到我的手机壳背后是一张小朋友滑雪的照片，就主动问：“这是你儿子啊？”我

这个有儿子照片的手机壳，开启了作者和周星驰的缘分

说："是啊。"他拿过手机看了一下，又问："你们这里可以滑雪的啊？"我笑笑："是啊！您很少见到雪吧。"星爷认真地点点头，然后露出非常遗憾的可爱表情。

交谈中，我们的话题从滑雪到电影。当谈到《美人鱼》时，我提及"美人鱼"珊珊带刘轩回旧船那一幕，感觉有《色·戒》的影子。他笑着回应，解释珊珊因爱而心软的缘由，还饶有兴致地询问我对李安导演《色·戒》的看法……我们就这么一来一回地聊着天，像很多年前就见过的朋友。再之后他竟然张罗着我跟《美人鱼》的演员：林允（美人鱼）、郑冀峰（郑总）、卢正雨（管家，本剧编剧之一）、杨能（馆长）等一一合影。

虽然时间有限，虽然他在媒体面前一贯神秘，但我所见到的周星驰，绝对是可敬可爱的，没有外界盛传得那么"难以接近"。当感受到诚意的时候，他就纯粹得像个孩子，像极了那个捧着

《演员的自我修养》的，执着、简单的“尹天仇”。

这次相遇，让我对周星驰有了新的认识，也促使我重温他的作品，尤其是那部如他自传般的《喜剧之王》。那些曾经被忽略的细节，那些曾经只当作笑料的片段，换个年纪重看，却感受到无尽的深意。这部于1999年上映的作品，以幽默诙谐又饱含深情的笔触，勾勒出小人物的逐梦之旅——尹天仇醉心表演，却只能在片场跑龙套，受尽冷眼，可即便生活满是荆棘，他依然怀揣对表演的热爱。在这艰难途中，他与舞女柳飘飘相爱，两颗孤独的心相互依偎，为彼此带来温暖与力量。最终尹天仇在戏外的一场警察卧底行动中，收获了对他“表演”的最高认可。

影片没有宏大的特效场面，却凭借对底层人生活与梦想的细腻刻画，触动无数观众的心弦。它融合了周星驰以往的无厘头喜剧风格，既有夸张的表演、荒诞的情节，又拓展到对人性、梦想、爱情等主题的深刻探讨。尹天仇的故事让我联想到星爷自己，从默默无闻到成为华语影坛的著名演员，他的奋斗历程又何尝不是一部现实版的《喜剧之王》呢？

影片开场，尹天仇站在海边，对着无垠的大海声嘶力竭地高喊："努力！奋斗！"这简单的四个字，瞬间击中了无数怀揣梦想的普通人的内心。尹天仇，这个社会底层小人物，居住在破旧不堪的出租屋里，却始终怀揣着对表演艺术的炽热梦想。他的手中，紧紧握着那本被翻得破旧的《演员的自我修养》。他每日对着镜子反复练习各种表情和动作，不放过任何一个细微的表演细节；他四处奔波，只为争取哪怕只有一句台词的龙套角色，即便遭受无数次的拒绝和嘲笑，也从未有过一丝放弃的念头。

还记得尹天仇在街坊福利会开设演员训练班的场景吗？狭小昏暗的空间里，他满怀激情地给一群有梦想却迷茫的人讲述表演技巧。然而，台下有人昏昏欲睡，有人嬉笑打闹。面对这混乱的场面，尹天仇没有丝毫的不耐烦，他试图点燃每个人心中对表演的热情。那一刻，他的坚持和执着让人动容。

在追逐梦想的道路上，尹天仇和柳飘飘的爱情也令人动容。他们都是在生活底层挣扎的人，相互依偎、相互取暖。柳飘飘问尹天仇："看，前面漆黑一片，什么也看不到。"尹天仇回答："也不是啊，天亮后会很美的。"这句对白，是他们对未来的期许，也是对彼此的鼓励。他们的爱情没有华丽的场景，没有山盟海誓，却在平凡的生活中显得格外真实和珍贵。

柳飘飘，这个受骗后在生活底层摸爬滚打的舞女，与尹天仇相遇后，两人的命运从此交织在一起。在那间狭小昏暗的出租屋里，尹天仇教柳飘飘演戏的场景温馨而又动人。而那段经典的“我养你啊”片段，更成为影史上的永恒经典。当尹天仇看到柳飘飘要离开时，毫不犹豫地追出去大喊：“我养你啊！”柳飘飘虽然嘴上说着：“你先照顾好自己吧，傻瓜。”但转身的那一刻，却泪如雨下。这句简单而又深情的告白，温暖了多少人。

片中还有一个令我久久难以释怀的片段，宛如一根锐利的针，刺痛了我。成名的杜鹃儿（莫文蔚饰）曾邀有好感的尹天仇出演新剧男主，为此尹天仇精心准备，把剧本的每一页都用荧光笔密密麻麻做了标记。然而当鹃儿姐看到尹天仇有个舞女女友后，却决定换掉他。命运的重击突如其来，工作人员冷漠地伸手收走尹天仇的剧本。那一刻，他下意识地扯住剧本，眼神中满是不甘与绝望，纸张在两人的强拉下发出脆弱的簌簌声，似乎是梦想与现实在拔河。

其实，片中还有许多容易被忽视的细节，都蕴含着深刻的寓意。比如尹天仇每次去剧组面试时穿的那件破旧的西装，虽已褪色、不合身，但他总会把它洗得干干净净，穿得整整齐齐，它象征着尹天仇在困境中对梦想的执着；再比如尹天仇手中的那本《演员的自我修养》，这本书贯串了整部电影，它是尹天仇学习表演技巧、汲取表演灵感的源泉，更是他的精神支柱。这本书，就像是每个人心中的梦想。

重温影片时，我还特别注意到一个片段，某次尹天仇被拽去演开场便被打死的神父，片场一切顺利，但他却摇摇晃晃不肯死，最后遭到群嘲，这其实是周星驰当年拍1983版《射雕英雄传》跑龙套时的真实经历。当时他分饰宋兵乙和小乞丐等角色，他曾在片场向导演提出，能不能在被梅超风打死前抬手挡一下再死。这段经历，也让我重新品出了片中那句台词“我不是死跑龙套的，我是一名演员”背后的心酸与倔强。

周星驰在拍摄《喜剧之王》时，可谓倾注了全部心血。他的真实经历让尹天仇这个角色充满了真实感和生命力。他亲自参与剧本的创作，对每个镜头、每个细节都严格把关，力求做到尽善尽美。他还参与选角，对于当时只有18岁的新人张柏芝，周星驰看中了她的清纯和灵气，力挺她作为女主。最终凭借柳飘飘这个角色，张柏芝开启了她演艺生涯的重要篇章。其实，我之前在上海参加活动时，也多次见过张柏芝本人，总会不自觉地想起18岁的“她”坐在尹天仇家窗台上，被海风吹动长发的清纯模样……

所有的这些真情投入和幕后付出，都在告诉我们，《喜剧之王》绝不仅仅是一部简单的喜剧电影，而是周星驰送给每一个逐梦者的礼物，同时更推动了整个行业的发展。这部电影对香港电影行业生态的真实呈现，包括龙套演员的生活状态、电影拍摄的流程等，让观众了解到电影幕后的故事。其独特的喜剧风格和创作理念，对后来的华语喜剧电影人产生了深远影响，推动了华语喜剧电影的多元化发展。而周星驰，这位华语电影界的传奇人物，用他的作品和人格魅力，深深地影响着一代又一代观众。

再看《喜剧之王》，我看到的也不再只是银幕故事，而是星爷的人生缩影，是他对电影梦想的执着追求，是他对生活的深刻感悟。他用电影告诉我们，无论生活多么艰难，只要怀揣梦想，保持真诚，就一定能在黑暗中找到属于自己的那束光。就像我与他的那场相遇，虽然短暂，却如同一束光，照亮了我对他电影世界的探索之路，也让我更加明白，真诚与梦想，才是周星驰电影永恒的魅力。

邂逅唐季礼，读懂《神话》里的历史与浪漫

暮春傍晚，车内的收音机里突然传来歌曲“让爱成为你我心中，那永远盛开的花……爱是心中唯一不变的神话。”快20年了，每每听到《美丽的神话》这首歌，我还是会嘴角微微上翘，内心小小悸动，陷入重重回忆，不仅会想起很多次现场聆听孙楠、韩红唱起它，还会想起与主演成龙大哥的几番相遇，更会想起电影《神话》的第一场全球公映是在山西的一个小礼堂，而我竟有幸和影片的导演唐季礼同场观影，由此还开启了我们的一段特殊缘分……

华语影坛星光璀璨，回头看2005年上映的《神话》，才发现它

的光芒漫过时间的河流，依然熠熠生辉。它不仅开创了华语奇幻动作电影的新风格，更推动了华语电影产业真正走向国际化。这部由唐季礼执导，成龙、金喜善主演的鸿篇巨制，以其精妙绝伦的历史与奇幻的融合，为观众铺陈出一场震撼心灵的视听盛宴，更在文化与情感的维度上引发了无尽思考。同时，它的主题曲亦是家喻户晓的华语流行经典。而我与这部电影的缘分以及和电影相关人物的奇妙交集，也让我对《神话》有了几分别样的“懂得”。

第一次与唐季礼导演相遇，是2005年9月在山西大同举行的北岳恒山中国武术文化产业（国际）论坛上。彼时，《神话》即将震撼上映。受这位闯荡好莱坞的传奇导演邀请，我与参加论坛的众多明星嘉宾：香港著名打星洪金宝、著名演员六小龄童、《少林寺》导演张鑫炎、著名作家苏叔阳、著名主持人董浩、旅美著名钢琴家孔祥东、李小龙之女李香凝以及好莱坞著名动作明星杰夫·斯帕曼、崔弗·舍曼，意大利动作片影星西尔维奥·西玛克等一起在大同礼堂提前观赏了这部电影。

电影开场，银幕上光影流转，我也随之踏入了那个跨越千年的奇幻世界。身旁不远处的唐季礼导演全神贯注，从他专注的神情里，我深切感受到他对这部作品倾注的无限情感。那时我就在想，这部电影的诞生，不知凝聚了他的多少心血与奇思妙想。后来采访时了解到，身为《神话》编剧兼导演，唐季礼的创作灵感来源于自己的亲身经历和梦境，他将这些经历记录下来，形成了《神话》故事的基础大纲。他曾说："中国历史悠久，却没有一部历史题材影片能像《勇敢的心》和《角斗士》那样让人震撼，因此想要拍摄《神话》，让观众对中国古代将领肃然起敬。"

也是在那次观影中，我第一次近距离感受到了"蒙毅大将军"的魅力。作为成龙出演的首部古装片，老搭档唐季礼为他量身打造的《神话》中，很多武打设计至今看来都十分经典。虽然那次的恒山武术论坛成龙临时缺席，但电影里他矫健的身手、生动的演绎，已然让我领略到了世界知名演员的风采。其实此前一年的2004年9月，在太原举行的中国文化产业国际论坛上，我就曾见到过作为形象大使的成龙本人。他出场时，现场瞬间被狂热的气氛点燃，人群如潮水般涌动。成龙在现场仅仅停留了几分钟，便让人真切感受到了什么是著名演员影响力。那匆匆一面，虽短暂却深刻，却让我对他在影片中的角色有了多一重解读。

《神话》的故事开篇于21世纪，考古学家杰克（成龙饰）被神秘梦境纠缠，梦中他化身秦朝将军蒙毅，与朝鲜公主玉漱（金喜善饰）展开了一段缠绵悱恻、刻骨铭心的恋爱。在好友威廉（梁家辉饰）的鼓动下，杰克踏上了充满奇幻色彩的冒险征途，就此揭开了这段跨越两千年的凄美神话。影片巧妙地将现代的考古探秘与秦朝的宫廷风云、残酷战争紧密交织，在历史的宏大架构中，构建起一个充满想象力的故事王国。

电影对秦朝的刻画细致入微，从庄重肃穆的宫廷礼仪，到惊心动魄的战场厮杀；从雄伟壮丽的长城，到奢华磅礴的阿房宫，让人仿若穿越时空，亲身领略那个波澜壮阔的时代。秦始皇对长生不老的执着追求，成为故事推进的关键线索，蒙毅将军护送玉漱公主以及探寻长生不老药的情节，在尊重历史的基础上进行了大胆的创新和艺术加工，使观众仿佛身临其境地感受到了那个时代的风云变幻。

秦始皇这一中国历史上的关键人物，在《神话》中虽非绝对主角，却占据着举足轻重的地位。电影将他塑造成一个对长生极度渴望、对权力极度痴迷的统治者。为了实现长生不老的美梦，他不惜耗费巨大的人力、物力，派遣蒙毅将军远涉重洋去寻找传说中的长生不老药。这一情节不仅凸显了他对生命永恒的贪婪追求，更从侧面映射出他对权力的无限眷恋。

从历史记载来看，秦始皇统一六国，建立起中国历史上第一个大一统王朝，功绩千古流芳。但与此同时，他的统治也伴随着严苛的法律和繁重的劳役，百姓苦不堪言。电影中的秦始皇形象在一定程度上契合了历史记载，他对长生不老药的执着，让我们看到了他作为帝王的自私与专制。然而，电影并未将他简单地描绘成一个刻板的暴君，而是赋予他更多人性的维度。他在面对生死这一终极命题时所流露出的恐惧与挣扎，让我们看到了这位千古一帝在强大权力背后，也有着普通人的情感与脆弱。

电影首映10年之后的2015年6月，在上海国际电影节的游轮大师课上，我与唐季礼导演再度相逢。甲板上，端起酒杯交流时，我提及当年一同观看《神话》的难忘经历，他微笑点头。那一刻，我仿佛又回到了那个充满期待与惊喜的观影之夜。大师课上，他很真诚地分享了自己电影生涯的起步，说起怎么赔钱、怎么流泪、怎么费尽心力地打入好莱坞，怎么在别人的冷眼下生存，怎么活出精彩人生，最后的结论是：“人生就是要挑战能力所不能及！”这些幕后故事都让我对《神话》有了更深的敬意。

回去即刻重温《神话》，便发现了更多令我感到惊喜的细节。除了情节上的精心设计，影片在视听语言的运用上堪称典范，为观众打造了一个美轮美奂的奇幻世界。电影中的场景设计美到令人窒息。秦朝战场上，千军万马奔腾厮杀，尘土飞扬，宏大的战争场面展现出历史的厚重与沧桑，逼真的特效和精心布置的场景，让观众仿佛置身于硝烟弥漫的古战场，真切感受到战争的残酷与激烈。而玉漱公主翩翩起舞的场景则充满了诗意与浪漫，营造出一种如梦如幻的氛围，与战争场面形成鲜明对比，一动一静，一张一弛，给观众带来强烈的视觉冲击。

在《神话》中，主题曲《美丽的神话》宛如一条情感的丝带，将整个故事串联得更加动人心弦。我曾数次在现场聆听孙楠、韩红演唱这首歌，每一次都被那悠扬深情的演绎深深打动。当熟悉的旋律响起，孙楠和韩红极具感染力的嗓音相互交织，将蒙毅与玉漱之间跨越时空的爱情演绎得淋漓尽致。那深情的歌声，仿佛有一种神奇的魔力，瞬间将人拉回电影中的情境，感受主角们的喜怒哀乐。重温影片时，这首歌也已流传了整整十年。

在那次电影节颁奖礼结束后，我又意外地遇到独自一人从后台出来的唐季礼导演。简单寒暄中，他的谦逊与亲和让我印象深刻。而就在两个月后的2015年8月，我们因中央电视台电影频道的一个活动，再次相逢于贵州省茅台镇。活动当晚我们同桌共餐，这奇妙的缘分让我倍感惊喜。席间交流，令人兴奋的是，他竟然说隐隐记得我们多年前就认识，现场还帮我写了一幅字。那一刻，我深切感受到，这段因《神话》而起的缘分是如此珍贵。

后来，我还有幸在上海成龙电影馆再次见到成龙，那是他新片《天将雄师》的发布会。当他说起每次拍片的经历时，有这么一番话："每次拍片时，都会觉得难得进行不下去，但我还是把每个动作、每个镜头都做到最好、最经典。这就是为什么人们说起成龙电影会有那么多经典！困难总会过去，过一段时间再回头看，就觉得可以一笑而过！"他的这番话，让我对他在电影创作中的坚持与执着有了更深的认识，也让我明白，《神话》中那些精彩绝伦的动作场面，背后是他与演职人员们无数的汗水与付出。

再后来，我还因为山西影视集团出品的电视剧《于成龙》，与《神话》中另一位主演晋松产生多次交集……这些都是多么“神话”般的奇缘。

20年后，当我再次重温《神话》，越发感受到其中蕴含着的丰富文化内涵，以及爱情与历史交织中人性的复杂与光辉。当年，初看玉漱公主在悬浮的秦陵天宫中翩然起舞，衣袂飘飘如谪仙临凡，我只道是唐季礼导演的一场华丽想象。后来，当我在陕西历史博物馆的展厅里，看见那些彩绘陶俑身上残存的朱砂与石青，忽然明白《神话》从来不是凭空杜撰的奇幻故事，而是一封写给中华文明的情书。

电影中呈现的秦朝服饰、建筑、礼仪，以及朝鲜历史文化，不仅让我们回味历史，更记录着中华文明自古就有的多元交流与碰撞。还有片中蒙毅与玉漱那为人称道的爱情故事，能跨越时空和身份的重重阻碍，在乱世中坚守承诺，而今看来也不仅仅是个人情感的抒发，更是对人性中美好品质的歌颂。

影片中最令人动容的，是贯穿全片的“文物保护”理念和“不发掘守护”这一理念的诗意表达。当杰克最终选择不开启天宫，让玉漱和她的秘密永远沉睡时，我们看到的不仅是一个爱情故事的结局，更是一种文化态度的觉醒。如今，当考古工作者用“微损探测”“数字复原”等科技手段代替粗暴发掘时，《神话》的预见性愈发清晰可见。

前几年，在西安秦始皇陵博物院里，我见过文物修复师们对着彩绘陶俑，一坐就是一整天。他们手中的笔刷让我想起电影里蒙毅将军擦拭青铜剑的镜头——同样的专注，同样的虔诚。或许这就是《神话》留给我们的最珍贵的启示：文明传承不是大开大合的戏剧性时刻，而是无数人静水流深的默默坚守。

当主题曲《美丽的神话》再次响起，我终于明白：真正的神话不是长生不老的玉漱公主，而是那些穿越时空依然鲜活的文明记忆；不是悬浮空中的秦陵天宫，而是脚踏实地守护文化遗产的每一个普通人。这部电影最动人的魔力，就是让我们在娱乐中不知不觉地在心底埋下了文化的种子，待20年后，开出认知的花来。

山河入镜

——三晋影像志——

《山河故人》：与贾樟柯交集在永恒乡愁中

站在2025年的门槛前回望贾樟柯十年前的《山河故人》，恍若置身于一个奇异的时空回廊。电影中那个被预言为“未来”的2025年，此刻正真实地在脚下延展。当我在2024年平遥国际电影展的红毯上，目睹赵涛与荣梓杉亲密相拥时，这场跨越十年的“母子重逢”，竟意外成为《山河故人》最生动的注脚。赵涛眼角的细纹与荣梓杉挺拔的身姿，在电影宫斑驳的砖墙前交织成时光蒙太奇，仿佛“涛儿”与“张到乐”终于穿越时空阻隔，完成了那个未竟的母子拥抱。而贾导就站在一旁静静地看、欣慰地笑。

看到这一幕的我突然感慨万千，不禁想起与贾樟柯、赵涛这一对山西影人交集的过往……忘了第一次采访贾樟柯是什么时候，也根本数不清在大大小小的场合究竟见过他多少次。对赵涛的采访不多，唯一记住的是有一次在电话中与她长谈她的一部新剧，聊得格外开心投契。

作为贾樟柯、赵涛家乡的媒体人，我对他们的长期关注几乎是出于本能。除了工作之外，我与他们还有一些鲜为人知的幕后交集——好比当年我第一时间收到他们结婚的“内幕”消息，便以单位的名义提前准备好特制礼物，安排同事去贾导汾阳家中祝贺，后来我所在的媒体便荣幸地成为进入他们婚礼现场的唯一受邀媒体，不过他们或许至今都不知道，曾有一位“幕后导演”远远见证过他们的幸福。而我也很乐于与他们保持一点距离感，以便在能“产生美”的半径里观察他们，感受贾导的作品和他身上的故事。

在外界看来，贾樟柯似乎是“很容易”被读懂的，因为几乎他的所有作品都在表达同一个主题：永恒的乡愁。但实际上，他又是那么不容易被读懂。在我职业生涯前期很长一段时间里，他都是我采访对象中，无法靠速记，只能靠录音笔完成采访的唯一一人。采访结束，我会反复听录音，然后试着理解他言语表达背后的深意，正如他的作品值得被一次次重温，一次次体味新的惊喜。

十年前，当《山河故人》进入大众视野时，我是第一批观众。当时的我，只把它当故事看，却隐隐地感受到“山河虽在、故人难留”的哀愁。当时间来到2025年，电影中那个设定于2025年的未来篇章已然与现实重合，当我用多走过十年的人生重温那句“每个人都只能陪你走一段路”时，当我以当下的视角重新审视这部影片时，那些曾经被忽略的细节与深意，突然击中了我，让我对贾导的创作意图有了全新的感悟。

贾樟柯与山西，犹如叶与根的关系，他的每一部作品都深深烙印着家乡的痕迹。从早期的《小武》《站台》开始，他就将镜头对准了山西这片黄土地，用电影描绘着家乡人的生活百态与情感纠葛。而《山河故人》，则像是他对家乡情感的一次集中爆发。影片以汾阳为原点，通过三段式的叙事，将1999年、2014年和2025年三个不同时空串联起来，讲述了沈涛、梁子和张晋生等人的人生轨迹，展现了时代变迁下家乡与故人间复杂而深沉的情感。它以一种近乎白描的手法，勾勒着时间对人的改变，呈现出人在时代浪潮中的渺小与无奈。

1999年的汾阳，是故事的起点，也是贾樟柯记忆中充满烟火气的故乡。那时的汾阳，传统与现代的碰撞初现端倪。影片开场便是世纪末最后一个春节的场景，喜庆的烟花、喧闹的人群、充满年代感的服饰，瞬间将观众拉回那个时代。沈涛、梁子和张晋生三人之间的情感纠葛在这个场景中缓缓展开。沈涛在梁子和张晋生之间的犹豫与徘徊，不仅是个人情感的挣扎，更象征着那个时代年轻人在面对不同生活道路时的迷茫与抉择。贾樟柯通过细腻的镜头语言，捕捉到了三人之间微妙的情感变化，人物的每个眼神、每个动作都饱含深意。

在这个段落中，贾樟柯对家乡的描绘充满了温情与眷恋，他用长镜头展现汾阳的大街小巷、集市广场时，观众感受到了家乡的亲切与温暖。人们操着浓浓的山西方言，互相调侃、问候，邻里之间的关系紧密而又融洽。这种对家乡生活的真实还原，不仅是贾樟柯对过去时光的怀念，更像是他对乡情的一种坚守与传承。

时间来到2014年，社会发生了巨大变化，汾阳亦如此。沈涛与张晋生离婚，张晋生带着儿子到乐去了上海，梁子因尘肺病回到故乡。这一段落中，贾樟柯通过沈涛父亲的离世、沈涛与儿子的疏离，深刻地描绘了中年人的无奈与沧桑。人与人之间的情感，在岁月和现实的冲击下，变得复杂而微妙。沈涛在面对生活的变故时，坚守着对故乡和故人的情感，她的孤独与坚强，让人感同身受。

贾樟柯在这部分叙事中，对细节的刻画更加细腻，比如沈涛送儿子回上海时，两人在火车上的沉默与隔阂，将母子之间的生疏表现得淋漓尽致，让观众深刻体会到时间对情感的侵蚀。此时的汾阳，城市建设逐渐兴起，高楼大厦开始取代部分老街巷，人与人之间的关系也在物质生活的变化中悄然改变。但沈涛心中那份对故乡和故人的情感，依然闪耀着微光。电影中反复出现那串钥匙，不仅是涛儿留给儿子的开启汾阳老宅的工具，更是乡情与基因的牵绊。

而2025年的设定，在当年看来充满了对未来的想象，如今却已成为现实。在这一段落中，故事的舞台转移到了澳大利亚。张晋生带着儿子张到乐在异国他乡生活，到乐在远离故乡的环境中长大，对家乡和母亲的记忆变得模糊不清。他说着流利的英语，却对中文和故乡文化知之甚少。这种文化的断裂与身份认同的危机，贯穿在到乐与中文老师米娅的忘年情感纠葛中，直到到乐产生了对自己身世和文化根源的好奇与探索欲望。影片结尾，到乐在海边对着远方呼喊“涛”，那是他内心深处对母亲、对故乡的本能呼唤，而时空那边的涛儿仿佛听到儿子的呼唤，停下包饺子的手，微微一笑，这一细节寄托着贾导对乡情坚不可灭的理想。

贾樟柯通过到乐这个角色，深刻思考了全球化背景下年轻一代与故乡文化的疏离以及对情感归属的迷茫。当我们站在2025年的当下重新审视这一段落时，发现贾樟柯的预言是如此精准。全球化加速的背景下，越来越多的年轻人远离家乡，在异国他乡追求梦想。他们在享受着多元文化带来的机遇的同时，也面临着文化认同的困境。到乐的故事，不仅仅是电影中的情节，更是现实生活中许多年轻人的真实写照。

《山河故人》和之前的作品一样，除了以对家乡和情感的深刻描绘为标签外，在艺术风格上也体现着贾樟柯电影的独树一帜。他擅长运用长镜头和固定机位，以一种近乎纪录片的方式记录生活的真实状态。这种镜头语言不仅赋予影片真实感和生活质感，更让观众有足够的时间去观察人物的表情、动作和细节，深入体会人物内心的情感变化。在构图上，他还特别注重画面的平衡与美感，常常将人物置于特定的环境之中，通过环境烘托来突出人物的情感与命运。例如，沈涛父亲葬礼的场景中，空旷的田野、阴沉的天空与葬礼上的人群形成鲜明对比，那种庄严肃穆而又压抑的氛围，何尝不是沈涛在失去亲人后悲痛与孤独的呈现？

不得不说，影片的配乐也是一大亮点，叶倩文的《珍重》和英国电子音乐男子二人组合宠物店男孩的《Go West》作为贯穿全片的音乐线索，承载了丰富的情感内涵。《珍重》的旋律在影片中多次响起，每次都与情节和人物情感紧密相连，成为情感的纽带，勾起观众对过去时光的怀念；《Go West》则象征着人们对未来的憧憬与追求，在影片的开场和结尾响起，形成了一种首尾呼应的效果，寓意着人生的循环与无常。

在与贾导的多次交谈中，我能深刻感受到他对家乡的那份深深的眷恋与热爱。他曾说，离开山西后他才真正理解山西，故乡的文化、方言、人情世故，早已融入他的血液之中，成为他创作的源泉。《山河故人》就是他对家乡情感的一次深情告白，他用电影记录下了家乡在时代变迁中的变化，也表达着对故乡和故人的深深思念；《山河故人》也是一部关于故乡与情感的史诗，它以细腻的笔触、真实的画面和深刻的思考，描绘了一幅跨越时空的生活画卷。这里的故事关乎家乡，关乎爱情、友情和亲情，我们在欣赏的同时，也不禁对自己的家乡、对身边的人以及那些曾经拥有过的情感进行反思与回忆。

看得出来，这些年贾樟柯的电影创作理念其实是在不断发展和深化。他早期的作品，如《小武》《站台》等，更多地关注社会底层人物的生活状态，展现他们在时代变迁中的无奈与挣扎。随着时间的推移，他的作品主题逐渐拓展，开始思考更宏大的社会问题和文化现象，就像《山河故人》中对全球化背景下文化认同和情感归属的探讨。但无论主题如何变化，他始终保持着对现实生活的关注和对人性的关怀，这也是他电影的核心价值所在。

站在《山河故人》上映十年的时空坐标上，我似乎终于读懂了贾樟柯埋藏的时间密码。当预言成为现实，当虚构照进生活，这部电影早已超越简单的未来想象，成为丈量时代精神的标尺。

在平遥电影展的夕阳下，望着赵涛与荣梓杉在红毯尽头离开的背影，我突然想起电影结尾那个在雪中独舞的长镜头——涛儿的身影与天地同构，仿佛在告诉我们：所谓乡愁，从不是固守某片土地，而是在永恒的流动中保持起舞的姿态。这或许就是贾樟柯给予这个拧巴的时代最温柔的解答：孩子终要长大，故人终要离开，既然世事无常，那又何必慌张？人们常说不念过往、不畏将来，只不过是告诉我们放下执念、珍惜眼前，迎风起舞、笑对明天！

《疯狂的石头》：开启我与宁浩的“疯狂”缘分

2006年，一部小成本电影《疯狂的石头》横空出世，以其独特的黑色幽默、巧妙的多线叙事和浓郁的生活气息，在华语影坛掀起了一阵热潮。影片背后，新人导演宁浩的名字当下就引起了我的注意，因为他正来自山西太原。只是当时的我，还不知道后来会和这位老乡有那么深的缘分……

2009年春节，宁浩回乡，在电影《疯狂的赛车》太原首映礼上，我初次见到他。那天，他穿着蓝色赛车服、牛仔裤、运动鞋。首映礼上，他开口就用太原话来了句：“叔叔大爷们过年好！”因为他亲亲的同学耿浩、张挺（宁浩“疯狂系列”人物名字原型）等发小们都在台下起哄，他边说边露出羞涩又痞痞的笑，身体随之扭成了S形，怎么看都和“著名青年导演”沾不上边，就是一个典型的太原后生！

那一年，他32岁，因为已经拍出了震惊影坛的《疯狂的石头》，作为“黑马”被观众盯着新作出世。而他索性带着两份大礼回乡过年——电影《疯狂的赛车》和他为母团太原市话剧团量身定制的话剧《疯狂的疯狂》。

太原影都的贵宾间里，我对宁浩进行了第一次独家专访。那天，我和宁导聊得畅快，从戏里到戏外、从黄渤到阿尔·帕西诺、从旧作遗憾到新作筹备、从电影理想到他快当爸爸了……出了贵宾间就有他的朋友跟我说：“平时宁浩话特少，今天怎么和你说了这么多?”

正是那次，我和宁导约好，待他的新片《无人区》上映时，再给我一次独家专访的机会。可谁知，就在第一次独家专访后不久，《疯狂的赛车》就以疯狂的速度吸金过亿，宁浩一举成为中国国产电影“亿元俱乐部”的第四位成员。我想，约的时候随随便便，再接触宁浩，可能不会那么容易了！

2009年夏，《无人区》杀青，当时宁浩的新作已经是万众瞩目，几乎每天都有各种揣测消息登上媒体头条。我心里嘀咕，宁浩还能接受我的采访吗？试试吧。没想到电话一拨就通了，话筒里传来宁浩的声音："我现在只关心《无人区》，别的我不关心。"当我再次提出采访的意愿时，宁导犹豫了一下还是答应了，在忙乱和乡情之间，他选择了后者。随后的七八月间，宁浩数次亲自帮忙联络《无人区》里的当红主创——黄渤、徐峥、余男一一接受了我的专访，最终还以"独家授权"的形式，允诺我们的媒体以大篇幅独家解密《无人区》，这份乡情至今令我感念。

再后来，关注宁浩和宁浩新作逐渐变成了一种习惯，耳朵里也有意无意听来他的很多故事，就比如他和母团太原市话剧团再续前缘的那段——2007年寒冬的一天，出任太原市话剧团团长不久的韩林，在困境中赴京找到了单位花名册上的员工宁浩。一见面，宁浩一句"我还以为我早被太原市话开除了呢"的开场白，虽道尽了他对母团的复杂情感，却也开启了他和故人的重聚之缘。在北京藏书馆咖啡厅一番长谈后，这位新生代导演被母团领导的真诚感动，不仅放弃了商业利益，还亲自为太原市话量身打造话剧《疯狂的疯狂》，更动用私人关系请来黄渤、刘桦、郑凯、雷佳音等明星分批加盟，托举这个名不见经传的市级院团一路走出低谷。直到2019年这部剧仍在上海等地巡演，火爆依旧。

据说，排练期间，这位“较真得不行”的A型血、处女座宁导本色尽显——因不满意剧本细节和演员状态，深夜12点他坚持要解散剧组，直到韩团长反复劝说至早上6点方才作罢。这份近乎偏执的完美主义，与他拍摄《疯狂的石头》时用火锅底料调下水道颜色、拆面包车反光镜做监控镜头的执着如出一辙。

也正因为这部话剧，我和宁导有了多次见面机会，还曾与剧组一起在深夜的北京簋街以小龙虾庆祝话剧在京首演成功。后来我们还多次有缘相遇：因为宁浩担任艺术总监的坏猴子影业举行品牌发布会，我们有了在上海国际电影节上的见面；因为《疯狂外星人》的路演，我们有了在太原的见面；因为他作为《我和我的家乡》总导演受邀，我们有了在平遥国际电影展上的见面……

回想起与宁浩多年来的多次交集，那些交谈中的细节，他对电影的执着与热爱，似乎都与成名作《疯狂的石头》紧密相连，这也让我对这部电影有了更深层次的理解与感悟。站在2025年的时间节点回溯，这部诞生于2006年的影片，不仅是宁浩导演生涯的关键转折点，更是华语电影商业与艺术完美融合的典范之作。

宁浩1977年出生于山西太原，从小对艺术的热爱促使他走上了电影之路。他辗转求学，从山西电影学校到北京电影学院，一路积累。2006年，在刘德华“亚洲新星导演”计划的支持下，宁浩终于迎来了属于自己的机会，《疯狂的石头》得以开拍。

影片故事发生在重庆，一座充满烟火气与江湖气息的城市。电影开篇，宁浩导演就自己过了一把戏瘾，以男科医生的形象闪过银幕，随后故事缓缓启动——某濒临倒闭的工艺品厂在翻建公共厕所时发现一块价值不菲的翡翠，厂长为缓解工厂经济危机，决定举办翡翠展览。国际大盗麦克与本地小偷三人帮（道哥、黑皮、小军）都盯上了这块翡翠。工艺品厂保卫科科长包世宏被委以保卫翡翠的重任，他一心想要干出成绩，却状况百出。厂长儿子谢小萌是个不务正业的“艺术家”，他为了讨好女人，也打起了翡翠的主意。小偷三人组屡次试图偷走翡翠，却总是阴差阳错地失败；麦克则准备凭借高科技手段抢夺翡翠，过程中与小偷们、包世宏等人产生了一系列令人啼笑皆非的故事。在一系列的巧合与冲突中，翡翠几易其手，每个人都在这场“夺宝大战”中展现出自己的欲望与本性。最终小偷三人组的计划落空，麦克被警方抓获，而包世宏误打误撞，成功地保卫了翡翠。

虽然当时因资金紧张，为了赶进度、不超支，原计划60天的拍摄，压缩到了46天，但在宁浩的镜头下，重庆的大街小巷、破旧厂房、拥挤的居民楼都成为故事的生动背景；独特的方言、错综复杂的人物关系以及荒诞离奇的情节，共同编织出一场黑色幽默盛宴。

影片最令人拍案叫绝的，就是其精妙绝伦的多线叙事手法。宁浩巧妙地将几条看似独立的故事线交织在一起，小偷三人组的盗窃计划、麦克的夺宝行动、包世宏的保卫任务以及谢小萌的搅局，这些线索在影片中并行发展，又在一系列意想不到的巧合与冲突中相互碰撞、交汇，产生了强烈的戏剧张力。例如，小偷三人组误打误撞偷走了麦克的箱子，从而知晓了翡翠的存在；包世宏在全力保护翡翠的过程中，与小偷们斗智斗勇，却因各种乌龙事件陷入困境。这些情节的设置既出人意料，又在情理之中，让观众在观影过程中始终保持高度的紧张与兴奋。

宁浩曾在一次交谈中提到，他深受盖·里奇电影的影响，他非常欣赏那种复杂叙事与黑色幽默相结合的风格。但他并不满足于模仿，而是试图在《疯狂的石头》中探索属于自己的表达方式。他希望通过这种多线叙事，展现生活的复杂性与荒诞性，让观众在笑声中感受到生活的无奈与真实。

影片中的黑色幽默不仅仅是简单的搞笑，更是对现实社会的一种讽刺与调侃。房地产开发商冯董的贪婪自私，小偷三人组的滑稽可笑又不失心酸的生存状态，包世宏等小人物在生活中的挣扎与坚持，都被宁浩以幽默诙谐的方式呈现出来，让观众在欢笑中产生对社会和人性的思考。

在《疯狂的石头》中，宁浩塑造了一群个性鲜明、生动鲜活的小人物形象，他们共同构成了这部电影的灵魂。郭涛饰演的包世宏，操着一口地道的重庆方言，看似鲁莽冲动，实则重情重义、责任心极强。他为了保卫翡翠，不惜一切代价，在面对各种突发状况时，总能凭借自己的智慧和勇气化解危机，成为影片中正义的代表。刘桦饰演的道哥，作为小偷三人组的头目，有着江湖人的义气和狡黠。他自认为聪明绝顶，却总是在关键时刻掉链子，闹出不少笑话。黄渤饰演的黑皮，性格直爽、冲动鲁莽，一句“牌子，班尼路！”成为影片的经典台词，他的搞笑举动和憨直形象给观众留下了深刻的印象。

这些小人物都来自社会底层，他们有着各自的欲望、梦想和挣扎。他们在生活的泥沼中努力挣扎，试图改变自己的命运，却又总是被命运无情地捉弄。宁浩通过对这些小人物的刻画，展现了生活的真实面貌，让观众看到了自己或身边人的影子。在与宁浩的交往中，我能感受到他对小人物的深切关怀与理解，这种情感也深深地融入他的作品中。

回头再看《疯狂的石头》，它不仅仅是一部简单的喜剧电影，更是一面映照时代的镜子。2006 年，中国电影市场正处于转型期，大片当道，小成本电影生存艰难。《疯狂的石头》的出现，如同一股清流，打破了这种沉闷的局面。它以仅 300 万元的制作成本，斩获了 2534 万元票房，成为小成本电影的成功范例，为中国电影的多元化发展开辟了新的道路。它证明了小成本电影也可以凭借精彩的故事、独特的风格和扎实的制作赢得观众的喜爱和市场的认可。

从社会层面来看，影片反映了当时中国社会快速发展过程中出现的各种问题和矛盾，如商业利益的追逐、社会阶层的差异、道德观念的冲突等。这些问题在今天依然存在，并且以不同的形式影响着我们的生活。《疯狂的石头》通过幽默的方式揭示了这些问题，让观众在欢笑中反思社会现实，具有深刻的现实意义。

在艺术创新方面，《疯狂的石头》为中国电影带来了全新的视听语言和叙事方式。它的成功激发了更多年轻导演的创作热情，推动了中国电影在叙事技巧、类型融合等方面的探索与创新。此后，中国电影市场涌现出了一大批风格各异、富有创意的小成本电影，为中国电影的繁荣发展做出了重要贡献。

在与宁浩的多次交流中，他对电影的热爱和执着始终让我感动。他曾说，电影是他表达自己对世界看法的方式，每一部作品都是他的一次自我探索。这些年，宁浩不断尝试新的题材和风格，从《疯狂的石头》到《疯狂的赛车》，从《无人区》到《心花路放》，从《疯狂的外星人》到《我和我的祖国》之《北京你好》等，他不断尝试新的题材和风格，突破创作瓶颈。他对电影的热爱和执着从未改变，始终保持着对艺术的追求和对生活的敏锐观察，每一部作品都蕴含着他对世界的独特理解和思考。

如今，距离《疯狂的石头》上映已经过去了近20年，它依然是一部让人百看不厌的经典之作。影片中的那些经典场景和台词依然让人记忆犹新，它所传达的情感和思想依然能够引起观众的共鸣。宁浩用他的才华和独特的视角，为我们呈现了一个充满欢笑与荒诞、现实与梦想的世界。这部电影不仅是宁浩导演生涯的代表作，更是中国电影史上的一座里程碑。

现在看，在这个AI都能写剧本的时代，《疯狂的石头》的珍贵，在于它始终藏着真人的体温。我有幸能一路近距离见证宁导的成长与辉煌，我想谈论的不仅是一部电影黑色幽默的叙事革命，更是一个导演对家乡的深情反哺——他把太原的街巷、重庆的梯坎、中国的市井揉成一团，放进电影的熔炉，锻造出属于普通人的英雄史诗。

当片尾曲《我爱你亲爱的姑娘》再次响起，我忽然想起一句对《疯狂的石头》最“山西”的评价：“好电影要像老陈醋，乍喝冲鼻子，细品有余香。”站在2025年回望，这部曾经贴着“低成本喜剧”标签的作品，经过近20年窖藏，终于显现出它作为时代镜像的醇厚。那些在火锅蒸汽里诞生的灵感，在脚手架间捕捉的市井百态，在电影工业转型期摸索出的生存智慧，共同成就了中国电影史上最耐人寻味的“疯狂”诗篇。

《暖春》：小小的花，在苦难中逆风成长

提起《暖春》，至今，都像经历了大梦一场。二十多年前，我是如何在《暖春》的山西首映礼上涕泗横流地走出影厅，如何在之后的日子一次次地走进主创的故事里，如何见证了山西电影厂走出“小厂办大事”的奇迹之路，再之后又如何差点成了导演乌兰塔娜的“经纪人”……这一切，都很像梦境，而那个梦的色调始终很暖，很像春天！

2003 年春天，太原影都，我受邀参加山西电影制片厂出品的一部名为《暖春》的电影首映。海报上，编剧、导演一栏，赫然写着一个名不见经传的名字：乌兰塔娜；而主演名单上的田成仁、张妍、郝洋等，也只有出演过《篱笆·女人和狗》里狗剩爹的田

成仁老爷子有些名气。

进影厅前有人提醒我带纸巾，但我觉得“太过夸张”。可没想到自以为是的我很快就被狠狠打脸。电影的后半段开始，我泪流不止，场面极其狼狈……其实那一年，和我一样“狼狈”的观众还有许多，而《暖春》成为一代观众的催泪记忆，至今仍常常被人提起。

《暖春》的故事极为朴实：村长的儿子二狗在路上捡到饿晕的女孩小花，在那个粮食匮乏的年代没有人愿意收留这个野娃。年迈的宝柱爹不忍心，将小花默默背回了家。宝柱爹的儿媳香草过门多年却未生养，当她看到爹带了一女娃回来，觉得受到了羞辱，气愤地让他把娃送走。可怜的小花眼泪汪汪地求着爷爷，爷爷不忍心，终究是把小花留下了。

之后，香草一次又一次设计把小花送走，但都没成功。后来，宝柱爹忍受不了香草的脸色，带着小花另起炉灶。不过懂事的小花却始终对香草婶娘心怀善意。最终，被小花的真诚打动，香草认养了她。村长召集全村人捐钱捐粮食，当众说出了宝柱爹守了30年的秘密……

多年后重新看这部作品，仍旧泪流不止。那种人性中最质朴的东西始终能直抵人心。

影片一开始就让人揪心。孤儿小花在宝柱爹的收养下进入新的家庭，却面临着婶娘香草的不满与刁难。正是在这样的家庭矛盾冲突中，人性的善良与丑恶、包容与狭隘被展现得淋漓尽致。爷爷那如暖阳般的慈爱，小花的纯真无邪与顽强，与婶娘起初的冷漠形成鲜明对比。

但故事并未走向仇恨的深渊，而是以小花的善良一点点融化婶娘心中的坚冰为脉络，让我们看到了人性在爱与温暖面前的转变与升华。这种情感的细腻转变，没有刻意渲染，却层层递进，直抵人心，让人不禁为小花的命运或悲或喜，为她虽面对厄运却始终善良感到欣慰。

影片采用线性叙事，简洁而流畅，同时通过丰富的镜头语言生动地展现了乡村的风土人情。画面里无论是田野间的绿意盎然，还是村庄里的质朴色调，都能将观众带入充满生机与希望的乡村世界。给人印象比较深的还有音效，与画面配合默契，进一步烘托出故事的氛围，风声、雨声、鸟鸣声，都让影片的情境更加真实可感。

最值得一提的，是一老一小两位主演的精彩演出。田成仁老师当时接这部戏时已是高龄，而剧中所有的农活包括上山砍柴等，都是他亲力亲为，令人钦佩与感动。后来我在发布会上见他，更是近距离感受到了老人家的魅力，说实话他很像我的爷爷。而小花的饰演者张妍，更是成为这部作品最大的催泪砝码，不知多少人为她精湛的演技落泪。

其实任何成功的背后，都有无数别人看不见的时光磨砺。乌兰塔娜为了追求电影的真实性和可看性，光剧本就打磨了整整4年，影片中的每一个细节都经过了反复推敲。由于兼编剧、导演于一身，她在演员选定和实地采景后，继续对剧本进行了多次调整，使得“一剧之本”先稳稳地立住了。

导演要求演员要百分之百地融入角色，这样剧情本身就能让观众感动。拍摄中，除了恰到好处的移动镜头外，基本上都是保持了视角的稳定。之所以这样处理，导演是想让观众静静地去感受故事中的美丽，让观众融入故事的意境。

导演对美术的要求也是非常明晰的，内景的陈设和演员的造型，要的是真实而不是好看；外景的选取追求自然景色的美丽。尽管小花的命运让人心酸，可小花的心灵却和大自然一样的纯净、阳光灿烂。这种反差触动了观众的心。

应该说，《暖春》的成功不仅仅在于其艺术上，更在于它所引发的社会反响。它唤起了人们内心深处对善良、对家庭温暖的渴望与珍视，在社会上掀起了一股关于爱与关怀的热潮。它如一面镜子，映照观众的内心。

当年，这部投资200万元的电影《暖春》，一年后的全国票房收入就达1600万元，后来整体突破了2500万元，创造了国产小成本电影的奇迹。它还收获第23届中国电影金鸡奖两项提名、第27届大众电影百花奖四项提名，并斩获百花奖最佳故事片奖，女主角张妍获优秀女演员奖……此后，山西电影制片厂以此为契机，创作出很多部口碑、市场都叫好的小成本影片，因此也成为全国“小厂办大事”的典型。

这部电影，以小见大，用一个简单却动人的故事，在观众心中种下了一颗温暖的种子，长久地生根发芽，也在山西电影制片厂的创作历程中留下了浓墨重彩的一笔。《暖春》像一剂“回春针”，让山西电影人和山西这片枯萎已久的艺术土地逐渐回暖、复苏，最终迎来一树春天。

写到这里，其实特别想说说我和《暖春》的故事。我和这部电影的确有很深的缘分。回到二十多年前，由于当时我所写的《暖春》系列报道受到出品方的极大认可，后来便频繁独家受邀参与《暖春》的活动，更与主创人员成为亲密朋友。印象比较深的是2005年在河北盐山，由于当地干部群众观影后深受触动，从2004年起开展了《暖春》百村汇映活动，一年间放映了五百多场次，观众二十多万人，更是筹集到专项资金26万元，用于扶贫助困，一项“春芽工程”因这部电影破土而出……我也因此一次次见证了《暖春》的力量。

也是因为长期跟踪报道，来自五湖四海的喜欢导演乌兰塔娜的编剧，更是频频联系到我，拿着剧本希望我牵线由她去执导新片。有一次我跟乌兰导演开玩笑说“我都快成您的经纪人了”，她哈哈大笑，调侃说：“好呀。”

后来又过了很多年，由于没有见面的契机，当年的通信也不够发达，我和塔娜导演逐渐失去联系。神奇的是，2016年山西影视集团在无锡太湖影视城拍摄《于成龙》时，我去探班，巧遇著名音乐人、与王潮歌合作过《又见平遥》等“又见”系列多部作品的程池老师。我们第一次见面，不知何故便聊起了“乌兰塔娜”这个名字，程池说他前一晚刚跟乌兰塔娜在北京吃过饭。我说我和塔娜导演曾是很熟悉的人，程池当即拨通塔娜导演的电话，让我们在十几年后恢复了联系，而后塔娜导演给我发了一段很长的短信，大意是说：永远不会忘记因《暖春》而在一起的日子，她相信我们的情谊会永远继续……看完她长长的短信，我突然又泪流不止，像当初第一次遇见她的《暖春》时那样。

往事一幕幕，《暖春》让我跟很多人结缘，更是它让我逐步走近山西电影，成为其发展的见证者，何其荣幸！

后 记

这本电影笔记，是被朋友们“催”出来的。它恰好赶上了2025年这个特殊年份——中国电影诞生120周年、世界电影诞辰130周年。光影流转间，是纪念，亦是致敬，仿佛我和电影的缘分早已注定。

2013年，是我从事文化报道的第十二个年头。那时的我，常年穿梭于电影节的红毯与后台、片场的监视器与追光、影院的黑暗与亮灯之间。就在那一年，我受邀成为上海国际电影节传媒大奖的评委。当我捧起那个烫金的瓷盘聘书，在评审间郑重地表态投票时，忽然体味到了“电影”二字沉甸甸的分量。

也是在那一年的某个午后，一份“影史Top99”（指电影史上排名前99位的影片，下同）的片单闯入我的视线，一时心动，便有了后来99天每天看一部经典电影的美妙时光。那些日子，胶片里的黑白光影与彩色帧画，一次次冲击着我的内心。我开始在朋友圈写观影笔记。起初只是担心记忆如沙，那些感觉稍纵即逝，于是随手记下的只言片语，却意外成了朋友们的“观影指南”。

“这是我看到的最好的关于××电影的评价。”“一事精致，便已动人，说的就是你。”“一万小时定论，足以让你成为一个行业的专家。”……甚至连平日里在朋友圈沉默的朋友，见面时也会忽然说：“我一直在追你的文字，跟着你看电影。”虽说朋友间的鼓励不免夸张，但那些带着温度的留言，还是像暗夜的光，给了我莫大的鼓舞。

十二载光阴倏忽而过，这些不期而遇的温暖，成了我每年观看两三百部影片的动力。在那些与光影为伴的夜晚，我的心灵日渐丰盈。

后来的日子，跟着“影史Top150”“影史Top300”“影史Top1000”“奥斯卡百年佳片”“诺贝尔文学奖作品改编电影”这些片单，我在银幕里走过万水千山；在电影节的评审室里，为一部电影、一场表演、一个剧本，我与其他评委激烈辩论；在无数影厅里，为陌生的故事，我开怀大笑或默默感伤。由衷地说，电影重塑了我的生活——它让我学会在别人的命运里，照见自己的悲欢。

因为工作的关系，我得以和行业内很多优秀的人有了交集、成为朋友。这本书的诞生，有他们的鼓舞和推动。请允许我在这里写下他们的名字。

山西省文联原副主席和悦先生是最早投来橄榄枝的人。“每天看你的朋友圈，好东西就该共享。”他建议我不如在《火花》杂志开个专栏，强调就用我朋友圈的鲜活语气，保持我的行文风格。于是便有了《范璐看电影》专栏，一期期写下来，两年多竟发了二十多期、两百多篇，还常常登上封面导览。这份偏爱，让人感动，也让我第一次认真审视自己那些碎片化的表达和持续观影的意义。

推动我动笔写这些文章的，是相识二十多年的知名剧作家高晓江先生。那时我还在朋友圈随手写着短小的观影笔记，是他第一个提醒我：“再丰富一些，以后便可成书。”当时他是山西影视集团的董事长，关于电影我们交流颇多，他太懂我那些藏在文字背后的光影经历，一次次鼓励我“珍惜经历，珍惜表达，一定要留下属于自己的声音”，甚至帮我琢磨书名和栏目构架。这份知遇之恩，重逾千钧。

最终让这本书落地的，是山西教育出版社原社长刘立平先生。我们亦相识二十多年，他了解我的经历，也知道我之前出书的遗憾。每次与他交流都让我收获满满。偶然一次，他调侃说：“我们相识这么多年，竟没有一本‘爱的结晶’？”一句话撞碎了我所有的犹豫，这本书便成了我们二十多年友谊最珍贵的注脚与纪念。往事如星，大恩不言。

其实这本小书，又何尝只是我与他们的“结晶”？它更藏着我与张艺谋、余华、陈凯歌、周星驰、唐季礼、贾樟柯、宁浩、乌兰塔娜等影人的交集碎片，藏着我为找一张旧合影翻遍电脑的执着，藏着因版权顾虑最终割舍掉图片的不甘。它是我与电影纠缠半生的证据，是无数个黑暗影院里泪水与掌声的化身，是我所亲历的、你未看到的幕后故事的另一面。

行文至此，夜已深沉，此刻仿佛又听见胶片转动的沙沙声。120年中国电影，130年世界电影，早已浩瀚成海，而我的故事，不过是其中一帧微小的画面。但正是这些微小的相遇与记录，让光影有了温度，让故事有了回音，让书写终成纪念。

愿每个翻开这本书的人，都能在字里行间，找到属于自己的那束光。光影流转，故事未完……

范　璐

2025年8月8日凌晨